わたしが素直になれるとき

後藤桂子
後藤奈々子

澪標

わたしが素直になれるとき　＊目次

はじめに

「一行詩ってなぁに？」と聞かれても、正確に答えられない私です。教科書にも、国語辞典にも出ていません。定義も様々です。「一行詩といいながら、三行も書いていいの？」と思う人もあるでしょう。

こんなあいまいな一行詩ですが、この本では「一行詩を書くときだけ素直になれた」という生徒たちの言葉と、それによって引き起こされる変化に心を揺り動かされた私の二十五年にわたる歩みを綴りました。

その歩みは、ミッションスクールから始まって、市役所、通信制高校、教員免許更新講習、市民講座、大学・大学院、外国人と、ステージや対象を変えて、たくさんの人の参加と支援を得て、展開していきました。

ここでの一行詩は、大切な人に心を開く、思いを届ける、呼びかけ型短詩形で、すべてが私とのかかわりの中から生まれたものです。

私はそれを「いのちのことば」と受け止めてきました。

サン＝テグジュペリは、その著『星の王子さま』の中でこう語っています。

「心で見なくちゃ、ものごとはよく見えないってことさ。かんじんなことは、目に見えないんだよ」

昨今、思考のプロセスが可視化され共有できるデジタル教育が展開されるようになりました。

この本には、「目に見えない　かんじんなこと」を見るためのヒントがあふれています。

「タブレットならぬ一行詩が見せてくれる世界を味わっていただけたら」という思

いで、娘とともに本にすることにしました。

ここに綴られた「いのちのことば」が、この本を読んでくださる方々にとって、これからの時代をしなやかに和やかに生きるためのエッセンスとなりますように。

二〇一九年　十月

後藤桂子

わたしが素直になれるとき

～いのちのことばで綴る一行詩

第一章　「わたしが素直になれるとき」

～ミッションスクールで生まれた一行詩

『父よ』（100回生編）

お父さん、もうそろそろ負けを認めたら？
見ればわかるよ　身長の差。
背中をかいてもらうのが好きだよね。
嫁ぐ時、思い出すだろうな、父の背中。

お父さん、長い間会ってないね。
知らなかった、
お父さんと行った東京ディズニーランドが最後だなんて。

「結婚するなら、お父さんみたいな人がいい」
と言えない娘の気持ち、わかりますか？

偶然見つけた父のサイフの中の私の小さい頃の写真。
そんな人じゃないと思ってたけど…。

お父さん、男の子と電話している時、電話の線ぬくのやめて下さい。
いずれ子供というものは、親元離れるんですよ。

娘でごめんね。
いつか一緒に晩酌できる王子様連れてくるから。

お腹が出ても、モテなくなっても、
お父さんは一生私のたった一人の男の人やで。

ずっとあなたのことを理解できずにいた。
でも、最近やっと少しずつわかってきたような気がする。
あなたはただ不器用なだけなのだ、と。
そう、そんな所も私はあなたに似ています。

「まだまだ子供」と言うけれど、私はそんなに子供じゃありません。

けれど百歳になっても、私はあなたの子供です。


「橋の下でひろった」って言われつづけたこの私。

最近みんなに言われるよ。

「お父さんにそっくり！」

親子だもんね。

でも、「飼い主に似るっていうからなぁ…」


「風呂」「飯」「コーヒー」

どこにでもいそうなオッサンだな。

一九八〇年、公立育ちの私が、中高一貫のミッションスクール女子校に赴任しました。毎朝の礼拝・聖書・賛美歌に戸惑いながらも、生徒から新鮮な刺激をいっぱい受けました。

チャペルのあるキャンパスには、「優しさ」、「茶目っけ」、「しなやかでみずみずしい感性」があふれていたのです。

教師生活十五年の節目の年、100回生を三年間持ち上がった私は、何かにつけて百年の伝統の重みを感じる機会がたくさんありました。私はそれらを創立百年の記念の生徒たちに何かの形で残したいと思い、始めたのが一行詩作りでした。

原稿用紙を配られたら戸惑う生徒たちも、「父よ」「母よ」「友よ」「先生よ」と次から次へ綴っていき、それを卒業文集としてまとめました。

はじめは当時流行した『一筆啓上賞』ねらいで実施したのですが、どれを応募しようか迷ってしまい、結局当時三重県の教育現場で一行詩を始められた高校国語教師、吉村英夫先生にこの卒業文集をそのまま送りました。一九九四年のことです。

春になって、吉村先生から、学園を訪問したいというお手紙が届きました。一日に数えるほどしか列車の通らないローカル線で、三重県からはるばる来てくださった時の吉村先生のあたたかい笑顔、まなざし、お声は忘れられません。

その時、生徒たちの表現活動を取材し、著書『ルポルタージュ　一行詩の学校』に掲載してくださいました。前述の『父よ』（100回生編）は、その抜粋です。

それから十二年たった二〇〇六年四月、地元の公民館の館長さんからお電話をいただきました。

「この春、公民館に勤務することになり、生涯学習講座を開講するにあたって、講師選びを任されました。そこで以前、図書館で読んだ『ルポルタージュ　一行詩の学校』を思い出し、『これだ！』と、さっそく電話をしました。子供たちの本音を知りたいと思っている思春期の子を持つ親御さんを対象に、一行詩を使って話をしてもらえませんか」とのことでした。

四月に赴任して来られたばかりの校長にその話をしたところ、快く出張許可を下さり、「自分も時間が許せば聞きに行きたいくらいだ。在校生にも書かせてみなさい」と言ってくださいました。

「あなたたちの一行詩を持って講演に行く」と伝えると、生徒たちはとても張り切って書いてくれました。

十二年ぶりの一行詩作り。次のページに挙げたのが、その一部です。

『父よ』（112回生編）

まだまだ続く家のローン。
「もしもの時は身を投げうって…」が口ぐせやな。
これからも頑張ってな。

母は言う「帰ってくるな」
父は言う「ただいま」と。

アイフルのカードがあったのが、私を不安にさせたんだよ。

お母さんを困らせたから嫌いじゃ!!
今私ら幸せに暮らしてるし。ザマーミロ。

大して用もないのに「元気か」とか「ケガしてないか」ってメール、
うざいと思っとったけど、今はありがとう。

父親らしくない父、家族の悩みのひとつっぽい。

100回生の一行詩の「男の子の電話の線を抜く」も時代遅れな感がします。「風呂」「飯」「コーヒー」と注文する亭主関白の家庭も減ってきたのではないでしょうか。生徒の一行詩から家族の風景が様変わりしてきたことがうかがえます。そしてストレス社会、ローン地獄、離婚家庭など、現代の世相が浮き彫りにされます。

それと共にメール文化の中で、生徒たちの短詩形で表現する技術、ユーモア、臨場感は冴えてきたように思います。

「お父さん、誰に似てるん？」
「島田洋七」
ああキムタクって言えたらなぁ…。

お父さんが息抜きで吸うたばこの煙は、
将来の私のガンのもとです。

「お前も卒業かあ、大きくなったなあ」って
横にな。

会話するたびに「卒業できるんか？」って
こっちが聞きたいわ！

お父さんの大きな手、すごくあたたかかった。
いつまでも空の上で見守ってね。

最近白髪が増えたけど、何をそんなに悩んどるん？

いつも面白いギャグとか言って、
面白くないんやけど笑ってしまう。
そこ、お父さんのスゴイとこや思うで。

「良いところだけ似てくれよ」と言われて、
悪いところだけ似た気がします。

いつも私の試合の応援で、「まだまだやな」という言葉、
ムカツククらい嫌だったけど、
今となってはあの言葉があってよかったよ。

「お父さんキムタクに似とるな！」と父。
「んなわけないやん、パパイヤ鈴木」
お世辞の言えない娘でごめんネ、お父さん。

お父さん、四十一歳にもなって浮気はやめて。
お母さんのお酒の量がふえていってしまうやん。

「飲まんかったら死んでしまう」っていっつも言いよるけど、
飲みすぎの方が死んでしまうで。

「あっちへいって」と顔合わせたら言うけれど、
嫌いなんかじゃないから。
なんか照れくさいだけ。

いつも自分中心でちょっかいかけて来て、
怒ったら逆ギレするのはやめて。
一回ぐらい自分から謝って。

「父よ」という語りの中に、こんな一行詩がありました。

みてますか?
やっと卒業
できそうです。

この生徒が「本物の感動と巡りあうために」という別の作文の中で、こんなことを書いていました。

私にとって、どれが本物の感動なのか分からないけれど、十八年間生きてきた中で一番心に残る出来事があります。それは、お父さんと最後に出かけた時に言われた言葉です。

「生まれてきてくれてありがとう」

この言葉を聞いた時、思わず涙しました。

私の両親は、私が小さい頃に離婚しています。そのため、お父さんと会うことはほとんどありません。だけどその言葉を聞いた時、私の中でお父さんの存在はとても大きく、お父さんがくれた言葉だからこそ、涙が出るくらいうれしかったのだと思いました。

感動と巡りあうために、何をすればいいのか、何ができるのか分からないけれど、一つわかったことは、感動は一人では作れないということです。

今もお父さんがくれた言葉を思い出すと涙が出ます。でも、頑張ろうと思うことができます。

お父さんは、大切な言葉をくれて、この世を去りました。とても辛かったし、とても悲しかった。「これは夢だ」と何度も思いました。だけど現実に戻った時、支えてくれたのはこの言葉でした。

一行詩の背景にあるドラマに、私はしばしばうちのめされます。想像以上に大きな現実を背負って生きている生徒が、たくさんいるからです。

ちなみに、この生徒の母親から寄せられた一行詩は、

「片親だから」と言われたくないから、きびしくしてゴメン!!

でした。

先ほどの作文と同じような境遇にいたり、父への複雑な思いを抱いている生徒がたくさんいることを一行詩を通して知りました。
読めば読むほど、思春期の少女たちは、実は心の底からお父さんを求めているのだと思わされました。

『父よ』

私はあなたをあまり知らない。
だからふと写真を見ると会いたくなる。

天国でもお酒飲んでますか？

血はつながっていないけど、
私はお父さんのこと誇りに思うよ。

私、お父さんの分まで生きるから。

次にお父さんと会うのは結婚式かな。

子供心がわからなくて当然だよね。
だってお父さんは親歴三年生。
私は子供歴十七年生。

今どこにおるんかわからんけど、
もう会いたいなんて思わへんから。

そんなに殴って楽しいんか？

二年生の現代文で「アンネの日記」の授業をした時のことです。アムステルダムの隠れ家の中でペーター君とのことをとがめられたアンネが、両親に反抗する場面がありました。

学習後提出された手作りのサブノートの裏面に、こんな文章が記されていました。

中学生の時、両親に向かい、「この家に生まれたくて生まれたんじゃない」と言ってしまった。

そのときは両親の心の痛みなんてわからなかったけれど、今、別れて生活してやっとわかるようになった。

あの時傷つけてしまった分、これからは親を大切にしていこうと思える。

だから私もアンネのように、この事実があったことは消せないけれど、二度と繰り返さないようにしなくてはいけない。

弾みで口にしてしまった言葉――言われた方も傷つき、言った方もそれ以上に傷ついているのだと思います。

親子というのは、血の濃い分、血の気の多い言葉を発しがちですが、それを埋め合わせていけるのもまた親子の良さだと思います。

さて、「母よ」と言われると、私もいろいろと心が痛むことがあります。

公民館での講演の時も、「どうすれば、子供が本音を言ってくれる母親になれるのか。私の発する言葉が子供の本音を押さえつけているのではないか」と悩んでおられるお母さん。私も同感です。

お母さん、あなたは私の精神安定剤

なんて一行詩を読むと、「このお母さんに会ってみたいなぁ、羨ましいなぁ」と思ったものです。


私の娘が中三の時、娘の担任の先生から電話がかかってきました。

「お母さん、今晩三時間、娘さんの話を一言も言い返さず、ただじっと聞いてやってくれませんか」

大体の事情を察して、その夜泣きながら話す娘の話を、私も泣きながら聞きました。

いつのまにか期待をかけすぎて、子供の小さな心を痛めつけていたことに気付けなかったのです。

一度話ができたからといって、すべてが解決するわけではなく、それからもいろいろと葛藤がありました。が、あの時、愚かな母親の私を責める言葉を一言も言わず、ただ「話を聞いてやってほしい」と言って下さった担任の先生に、今も手を合わせて感謝しています。娘が本音を言える先生がいて下さって、私たちは救われました。

『母よ』

けんかの途中に電話が鳴る。
別人のように変わる母、尊敬します。

「うちはうち、よそはよそ」
それではもう納得しません。

「好きにしなさい」って言うくせに、いつも決めるのお母さんやね。
もうそれにも慣れました

離婚するとか、もう言わんといてな。

いつもお金がないっていうけれど、
そのたびに服が増えるのはなぜ？

夢も希望もほんの少しの喜びをもあなたは奪い、子供心を傷つけた。
唯一あなたが教えてくれたことは、
「あなたと同じ生き方をしてはいけない」
ということ。

お母さんとデートした喫茶店の名前、
お父さん覚えていたよ。

何だかんだ言って
お父さんのこと好きなんでしょ！
お母さんは。

目覚ましよりきく母の声。
おかげで卒業できます。

お母さんのパート代、全部私の学費。
いっぱい働かせてごめんなさい。
卒業したら、お母さんのお小遣いにしてね。

「忙しい」と、
あれだけ頼んでも行ってくれない定期検診。

二十五年も、よくお父さんのわがまま辛抱してるね。
すごいよ、お母さん。

孫がかわいいのはわかるけど、私の名前間違えんといて。
私は「さら」ちゃうわ。

お母さん。
私が落ちこんで泣いてた時、一緒に泣いてくれましたね。
でも、私よりお母さんの方がたくさん泣いてどうするの？

一番にあたしのこと考えてくれるね。

「あなたの好きにしなさい」って。

そんなママこそ、もっと好きにしなよ。


「お母さん」って呼びたいけど呼べない。

だって私をゴミのように捨てたんだもん。


母よ　学校から呼び出されるたびに言っていた。

「いいかげんにしいよ」

私もいつか言う時が来る気がした。

何だかんだいうて、いっつもケチつけてるけど、
この味はお母さんしか出せへんで。

お母さんのキャベツの千切りの音聞いたら、なんかホッとするんや。
私もお母さんのようになれるかな。

怒られたことはすぐ忘れるけど、
玉子焼き、みそ汁の味、母の味は残ってる。

弁当いつもチンばかり。
それでも美味しい母の弁当。

「また弁当ないん？」と言ってごめん。

いつもお弁当ありがとう。
おかんの弁当適当やけど
世界一好き。

公民館での講演のあと、学校に帰った私に、生徒たちは、

「遅かったね。どうだった？　私らの一行詩のこと何て言うたった？」

と聞きました。

「私はみんなの感性が好きで一行詩に取り組んできたのだけれど、聞いてくださった方は『こんな短い文で自分の気持ちを言い表せるなんて知的能力が高いですね』と言われたわ」

と言いました。そして、

「講演のあと一時間半も延長して、『私に子育てする資格があるんでしょうか？』とか『どうしたら子供が本音を言ってくれるんでしょうか？』とか『自分がさせたいことと子供がしたいことが違ってどうしていいかわからない』とか、いろんな悩みの相談があってびっくりした」

と言うと、生徒たちは心配そうに、

「それで先生どうしたの？」

と聞いてきました。

「自分の子育ての失敗談や経験談を話したら、すごく安心されていた。今後悩んだ

時のためにって、携帯電話の番号聞かれた」

そこまで言うと生徒たちは、

「へぇー親も悩んでるんだね、うちのお母ちゃんもそんなこと思ってるのかな？」

「あんたとこの親は絶対悩んでるわ！」

「あんたに言われたくないわ！」

と友達同士の会話が弾んで、

「では、親の本音も聞いてみよう！」

ということになりました。


そこで、講演のために書いてもらった一行詩を抜粋して作った「112回生の一行詩」

という冊子の最後に、こんな手紙をとじこみました。

保護者の皆様へ

生徒たちの輝く瞳に魅せられて一行詩作りを始めました。今年で二回目です。やわらかい感性、本音のつぶやき――お忙しいとは思いますが、冊子に目を通して頂いて、できましたらお父様お母様から「娘よ」と題して一行詩を寄せて頂ければうれしいです。卒業文集にしたいと思いますので、よろしくご協力の程お願いします。

普段ろくに宿題を出さない生徒たちも、授業の始めに次々と、お父さん、お母さんからの返信を持ってきました。

「先生、オカンが書いてくれたで。オトンはおらんから、ごめんな」

「そうなんや、お母さんによくお礼を言うといてね」

「先生、親の愛って無償やね。昨日こたつの上に置いてあったお母さんの一行詩読んで、涙が止まらんようになって困った」

「無償の愛って、えらいむずかしいこと言うね」
「だって先生、自慢やないけど、ほんまに毎日、けんかばっかりしてるんよ、それなのに…」

この生徒の両親からの一行詩はこうでした。

〈父より娘へ〉
なかなかやるな　我が娘。
話せば笑いが止まらない。
あっけらかんとしたようで、
実は繊細　瓜二つ。

〈母より娘へ〉
偉かったね。よく頑張ったね。

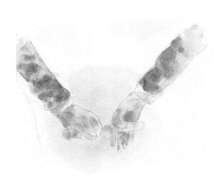

学校へ行けず悩んだ2年前。
いっぱい泣いて、いっぱい喧嘩もしたよね。
今ではそれが嘘のよう。
友の愛に支えられて、今日も笑顔の娘に
感謝、感謝。

一年生の二学期に心に傷を負って他校から転校してきた生徒です。
「親の愛が無償だ」ということを一行詩が教えたのだとしたらよかったかなぁと、
涙いっぱいの笑顔を見て思いました。
次の生徒は小さな声で「先生、匿名でお願いします」と言って提出してきました。
「わかったよ」と受け取ると、母の欄にたった一行。

ありがとう。あなたがいるから、がんばれる。

と書いてありました。父の欄は白紙です。

今度は私の方が涙が出て、授業に入れず困りました。生徒たちは「読んで、読んで」と言いました。

「だから『匿名でお願いします』って言ってるでしょ」

「名前読まんかったらええやん！」

両親からの一行詩の受け渡しで、たくさん生徒とコミュニケーションができました。

生徒の背景にある事情が、たった一行であからさまに伝わってきて、クスッと笑ったり、ホロッと泣いたり。

『父より娘へ』

「私のこと、もっと理解して」と言うけれど、
君も父のこと　もう少し理解して。

君の帰りが遅いのが、口に出さないけれど心配なんや。
これから門限作るぞ。

いつも何も言わない父ですが、
今まで娘のことを忘れたことはありません。これからも…
しかし父はいずれ娘の前からいなくなります。
自分の人生悔いのないように生きて下さい。

色々あるけど元気で歩め。
私の娘でありがとう。

いつも強がってばかりだけど、
ほんとうはとっても気の優しい子だね。
このままで、自分のままでいてほしい。
キレてもいいよ、たまにだけれど。

『母より娘へ』

心配で心配でたまらなかった一年生。迷いに迷った二年生。
「もう大丈夫だよ！」と言ったあなたの笑顔が何よりの親孝行。

あなたのお父さんに恥じなく生きて。

きっと天国で応援してくれているから…


「介護士になりたい」

それが小さい頃からのあなたの夢。

「その姿が見たい」

それが母さんの一番の夢。

それまで母さんも頑張るから。


娘の気になるところを怒るけど、考えてみれば皆、私。

親子は似るのかなぁ。

いいことも悪いこともいっぱい経験して、
お母さんのようにたくましい、いい女になって下さい。

今のあなたを見ていると、昔の自分を見ているようで、
ついつい一言、言いたくなる。
でも、あなたもいつか母になるのです。
今のお母さんの気持ちがわかる時も来るでしょう。

急がなくてもいいんやで。
大人になるのなんか。

娘よ。「バカ」「アホ」と言われて三年。
それでもあなたは自慢の娘

見上げながら叱る時、
叱られているような気になるよ。

母のグチいつも身近で聞いている。
あなたの耳はいつも日曜。

大器晩成と言われながら十五年。
・・・
待機万世じゃないの？

『友よ』

「電話ひとつで昔の私達にもどれる」
そんな仲間でいようね。

どうして途中でやめたの？
私はとっても悲しかったで。
一緒に卒業しよって約束したのに。

「あの話　内緒やで
あえんようになっても　内緒やで
内緒話　またしよな」

毎日毎日あきもせず、好きな人の話をした。
のろけあいのバトルだったね。

休んでいた次の日に、
「これ」といってノートを渡してくれる。
あの手のぬくもりをいつまでも忘れない。

こんなわがままな私の心を開いてくれたのはあなたたちです。
迷惑かけて、かけられて。
でも、それはとても居心地のいいものでした。

三年間、一緒に学んだ友がいる。
家にいる時より、あなたたちとすごしている
本当の自分が好きだ。

桂子ママに「あんたらツメが甘いんや」
って言われんようにしよなぁ。

毎日ノロケ話
うらやましそうに聞いていたけど
やっぱり私が一番幸せ。

悲しい時、横を見ればいてくれた。
心の支えになりました。

「友よ」「先生よ」という呼びかけを読むとき、自分の本当の気持ちを伝えるという表現活動がもたらした心の変化や奇跡を、私は今でも忘れることができません。卒業式を間近に控えたある日の学年集会の壇上で、一人の生徒がこんな話をしてくれました。

入学時から、下半身に全く力が入らず、車椅子で三年間をすごしました。彼女の話は衝撃的でした。

皆さんには心から信頼している親友にさえ言えないことってありますか。私には一つだけあります。それは私が拒食症だったことです。

私は小学五年生のときに診断されて以来、自分がこの病気だと認めるのを恐れていました。でも、将来に向かって一歩踏み出す前に、私はどうしてもこの病気と向き合わなければなりませんでした。

今では医学が進み、脳の遺伝子が影響していることもわかってきましたが、「心の病」という大きな抑圧がありました。それは私だけでなく、家族にもあったと思います。また、カーペンターズのカレンが拒食症で亡くなったように、拒食症は死をも招く恐ろしい病気です。

私は何度も死に直面しました。十四、五才で体重が十八キロか十九キロしかなく、ほとんど寝たきりの状態でした。四十度以上の高熱がずっと下がらないときもあったし、吐血も何度もし、当時の私の体で生きていられるのは奇跡でした。

「よくもって十日」とか「あと三日の命」と宣告されたこともあります。一度は本当に心臓が止まり、臨死体験もしました。三途の川は見えなかったのですが、急に真っ暗になって、苦しかった呼吸が楽になり、そこに家族や友達や道ですれ違ったような人まで、私がそれまでに出会ったすべての人の顔が走馬灯のようにぐるぐる回っていました。

それが終わると一本の手が指し出されました。私にはその大きな手が私の生まれる七年前に亡くなった祖父の手に思え、私は手を伸ばして、その手を握ろうとしました。すると今度は急にまぶしくなって、息がまた苦しくなりました。目の前には主治医の先生がいました。

私は今、こうやって生きているのですが、この時、何か大きなものに守られているような気がしました。私は食べないことで命を削っていたけれど、生と死の間をさまよい、そして生きたくても生きられない人をたくさん見てきて、命の重さを知りました。

こうやって自分を見つめることができたのは、高校の三年間があったからです。私はＹＷＣＡ部の活動を通して、さまざまな境遇の人と出会いました。ハンセン病にかかり、長い間ひどい差別を受けてきた人や、障害を持ちながらも自分らしく生きている人、そして小さな体で孤独や辛いことを背負いながらも、無邪気な笑顔を見せてくれた子供達、また、そんな彼らを支えている人達の姿に、困難を克服していく勇気をもらいました。そして、何よりもこうやって病気のことを話そうと思える友達や先生と出会えたことにすごく感謝しています。

私はこの病気になって、たくさんのものを得ました。その一つが、言語聴覚士になりたいという夢です。それはコミュニケーション障害や、食べ物を飲み込むことができない嚥下障害のある人のリハビリをする仕事です。

昔、母が「試練は『この子だったらきっと乗り越えられる。この子なら、きっと大切なことに気づいてくれる』って神様が思った人にだけ与えてくださったものだ」と言ってくれました。

私も、たとえそのときどんなに苦しくても、病気が私にとってそうであったように、それはその人にとって、きっと意味のあるものだと思います。

「この病気があったから　今の私があるんだ」

やっと心からそう言えるようになりました。

この生徒は、この話をした後、体の感覚が戻りだして松葉杖で卒業式に参列しました。「自分のことが言えた」ということが、こんな奇跡を生み出すとは思ってもみませんでした。と同時に、「こんな小さな奇跡が、日常生活の中にたくさんうずもれているのではないか」と思うようになりました。

その後、彼女は、広島の大学で心理学を学んだあと、大阪の専門学校で言語聴覚士の資格を取り、大阪のリハビリ病院に就職。その後結婚して、二児の母となりました。

『先生よ』

あの子はよくて、わたしはアカン
なんでやねん!?

先生にはたくさん注意された。
夢にまで出てくるよ、あの言葉。
「おだまり!!」

うるさくばっかり言って、みんなのためだというけれど
本当は自分のためじゃなかったの?

好きな先生と嫌いな先生…
学校へ行ったら区別つけてしまうんや。
でも嫌いな先生から受ける教訓じみた言葉
「ホンマはええ先生やな」って思うんやで。

よいときにほめてくれて、
悪いときにしかってくれる。
そのあたりまえのことがうれしかった。

うちのこと好きなん？
なんでうちの考えること、そんなにわかるん？

たまにはふざけてはめはずしてみて。
そしたら私達のこと、もっとわかるよ。

良くも悪くもない生徒。
そんな生徒なんて忘れちゃうよね。

おこられるたびに「私悪くない」と思ってたけど、
今は「やっぱり私悪かったかなぁ」と思っています。

「コイツはムリだから」
「アイツはデキルから」
そんな枠で生徒を見ないで下さい

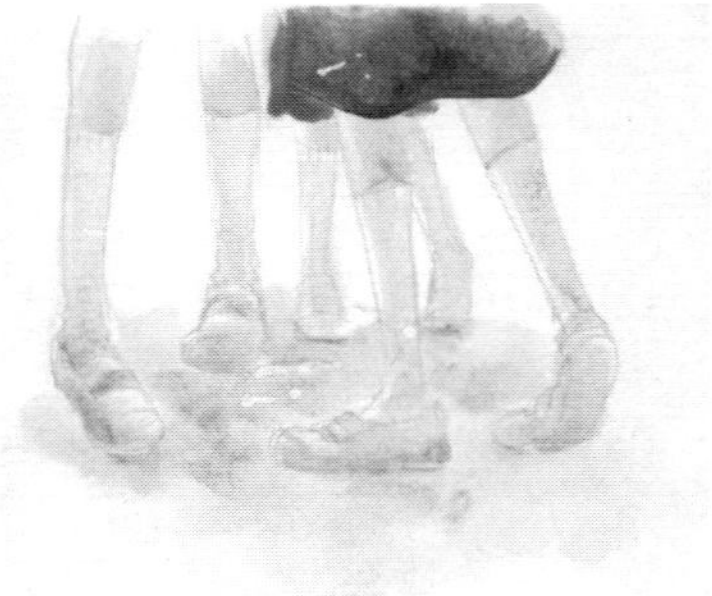

先生よ。
一番の敵だと思っていた頃がなつかしい。

二十四時間先生しているような先生、いつ休んでるんですか？
たまには仕事のこと忘れてハメはずして下さい。

友達に裏切られた時　おちこんでいる時に
いつも忙しいのに話を聞いてくれた。
先生、本当にありがとう。
先生がいなかったらきっと死んでたね、私。

3年1組大変やろ!?　知ってるで。

先生に会えてよかった。
昔の自分にサヨナラできた気がします。

先生にとっては目の前を通り過ぎてゆく何百何千人の一人であっても、
私にとって先生は一人です。

先生、知ってますか？
あの時　私が泣いた理由

たくさん迷惑かけました。
怒られたこともありました。
でも怒った顔が笑顔に変わる瞬間が一番好きでした。

『先生から生徒へ』

「おだまり!!」

エネルギーいるんだよ、叱るの。

でも、叱れるあなたたちがいた。

愛してたよ。


「一行詩にだけ素直になれた」

ずっと一行詩で話すんだった。

一行にまとめよというけれど、
まとめられない一行詩。

社会の風は冷たいけれど、
自分の心はいつまでも温かくしていてね。

一年ぽっきりの付き合いだったが、
いろいろなことを教えてもらったが、
教え足らなすぎた一年であった。

気にするな。
成績表に記されない勉強の方が、多くて大切だから。

かわいいあなたの子供たちに、
自分の体験談を隠さず話せる母親になってね。

授業での話題　かみ合わなかったね。

卒業式
「怒られて怒られて何度も辞めようと思ったけれど、
先生に出会えてよかった」
この言葉が僕のパワーの源

どんな生徒にもいろいろ勉強させてもらったので、
ある意味では先生にとっての先生かもしれないね。

「目に見えないものを見えるように」

「意味わからん!」

そうよね　パウル・クレー*じゃあるまいし。

少しは自分が見つかりましたか?

根気と忍耐　ありがとう。

*画家

あんまり役に立ってあげられなくてごめん。


ある日、『チャペルタイムス』というキリスト教伝道新聞の一面に「人間教育の原点を問う」というタイトルで、次のような記事が載っていました。

「『今日の教育の問題は、言葉を失っていることである』という。死んだ言葉、記号にしかすぎない言葉が多すぎる。それでは人格は育たない。ただ物事を表面的にしかのぞき見ることのできない人間、衝動的発想しか持てない人間が育ってしまうのだ。しかし、今日、誰もが求めているのは、「いのちのことば」ではなかろうか。聖書に「初めに言葉があった」とある。言葉は魂のふれあいをもたらす。生きる意味を伝える』

私は、この文章を読んだとき、この一行詩は「いのちのことば」だと確信しました。魂のふれあいをもたらし、生きる意味を伝えるものだと。

「一行詩を書くときだけ素直になれた」と生徒たちは言いました。「わたしが素直になれるとき」――生徒たちのこの言葉は、さまざまなことを教えてくれました。子供に限らず大人も、家庭も学校も地域も社会も、そしてひいては国と国の関係においても、「ごめんなさい」と「ありがとう」を素直に言い合える関係が持てたら、世の中はもっと住みよくなるかもしれません。生徒たちのメッセージに触れながら、そんなことを考えさせられました。

そして私は、生徒たちの内に秘めていたものを引き出したようでいて、実は、自分の内にあるものを生徒たちが引き出してくれたことに気付き始めています。

親と子も、教師と生徒も、本来そうやって育ち合うものかもしれません。

ちなみに私が卒業文集に書いた一行詩は

「いってらっしゃい
私の宝物たち
たくさんの感動をありがとう」

でした。

卒業時、生徒たちや保護者の皆さんが口々に言った、

「先生、私達の一行詩を広めてね」

という言葉を私はずっと持ち続けて今日まで来ました。

第二章　「わたし　お母さん　おらんもん」

～一行詩からあふれ出す想い

112回生を送り出して後、二〇〇八年、『「いのちのことば」で一行詩―わたしが素直になれるとき』のCD－BOOKが、きかんし協会より発売され、新聞で紹介されました。

翌朝、授業に行くと、生徒たちが「私らも一行詩を作りたい！」と言い出しました。「なんで私らには作らせてくれへんの？」と。

「じゃあ、手始めに、『母よ』から行こうか」と言うと、一番前の生徒が、「わたしお母さん　おらんもん」と言いました。一瞬教室が静まり返りました。私もすぐに言葉が出ません。

「おばあちゃんでも　ええか？」とその子が口を切りました。

「ほんまや。おばあちゃんがええわ。私も『おばあちゃんよ』で書く。お母さんよりおばあちゃんの方がええ」とみんなが口々に言いました。

ところが授業が終わる直前に、その生徒が泣き出しました。紙を見ると三つ一行詩が書かれていました。

おじいちゃんよ
わがままな孫でごめんなさい。
いつも送り迎えしてくれてありがとう。
タバコとお酒もほどほどに。
早く死なれたら困ります。

おばあちゃんよ
口の悪い孫でごねんネ。
私学にいったからお金たくさんいってごめんネ。
きついことばっかり言ってしまうけど、
ほんとはあなたのこと大好きです。
元気でおってな。

母よ
元気ですか？　今何してますか？
なんで捨てたん？　もう嫌いなん？

鉛筆はここで止まっています。私は困惑しました。生徒たちが気をつかってくれました。

「先生、大丈夫やから、私たちがついてるから、次の授業に行って」と。

数日後、私の机の上に五枚のルーズリーフが伏せて置かれていました。こんな内容でした。（内容の一部を割愛しています。）

母よ

今何してますか？
元気で暮らしていますか？
あなたが家を出て、もうすぐ十年がたちます。
長いようで短いようで…一回も忘れた事ないよ。
保育園や幼稚園の時、毎日髪の毛くくってくれたね。
あの時は自分でくくれんかったけど、今はもうくくれるで。

あなたが出て行った原因、ずっと私のせいやと思とった。

でも、違うかった。
あなたが私ら家族を裏切って、お父さん、おじいちゃん、おばあちゃん、兄ちゃん、うちを捨てた。

あなたが出て行った日から私は毎日あなたに手紙を書いていました。
あなたの似顔絵も書いていました。
書く度に家族に見せとった。

でも、何ヵ月かたって初めて気づいた。
その手紙のせいで余計に家族を傷つけてた。
だからそれから書かんかった。
あなたの話もせんかった。
それから家族は何も言わんようになった。ごめんね。

ある日、あなたから電話かかってきたね。

その電話があるまで私はあなたの事恨んでました。

もう私の事なんか忘れてるって思とった。


でもあなたは言ったよね？

「ごめんね。つらい思いしたよね。こんな母親でごめんね。もうすぐ林間学校やけど用意したん？　早く用意しいよ」って言ったよね？

私が五年生になったって事、なんで知ってるん？

ちゃんと覚えとってくれたんやね。

そう思ったら涙がめっちゃ出てきた。

何時間か話して電話切ったね。

電話しとる時、二人で泣いたね。

電話やったけど、そばに居てくれてるような感じがしてホンマにうれしかった。


でも、あなたはまた嘘ついた。

帰ってくるって言うたのに帰ってこん…

今でも帰ってこん。

どんだけ楽しみにしとったか…

嘘つく人なんか大嫌い。


お兄ちゃんらも、ずっとあんたを必要としとった。

うち兄貴らがおらんかったら…この世におらんかった。

今こうして高校にも行けてなかった。

あんたの事で死のうとした時、兄貴らが一緒におってくれて支えてくれて、励ましてくれていろいろしてくれた。

だからうちは今こうして元気に生きれとう。

ホンマに感謝してます。


前に兄貴らに、あなたの話をした。

じゃあ兄貴ら、「誰それ？　そんな奴おった？」って言ってた。

「おかあさんやん」て言うたら

「そんな奴も、そういえば、おったなぁ」って悲しそうに言うてた。
もう忘れとるみたい。
多分思い出したくないんやろな。
あたしだってそうやもん。
早く帰ってこないと、ホンマにみんな忘れるで…

だから帰ってきて…
何年か前みたいに電話ちょうだいよ。

今、みんなに内緒で私はあなたを探しています。
簡単には見つからん。
でも、あたしあきらめへんから。
何年かかってもいいから、あなたを探して見つけます。
待っててください。

私、「お母さん」って言葉…書けるけど、言う事できん…

いつか「お母さん」って言える日来るかな？

あなたと今すぐでも暮らしたい。

いつかきっと一緒に暮らせるよね？


ルーズリーフの手紙はここで終わっていました。

私は見てはいけないものを見たような気になって、この生徒に手紙を返しにいきました。

「よく書いてくれたね。これ、先生が持っていてもいいのかな？」

すると、けろっとした顔で、こう言いました。

「先生、持っといて。そこに書いとるやろ？　私本気でお母さんを探そうと思っているんや。そこに書いた話、友達にも言うたんや。協力するでって言うてくれた。私のたった一人のホンマのお母さんやからな」

「母よ、今何していますか？　元気で暮らしていますか？」の一行から、彼女の「今」につながる「これまで」と「これから」が見えた気がしました。

ちなみに、このときクラスメートが書いた「おばあちゃんよ」「おじいちゃんよ」を紹介します。

『おじいちゃんよ』

なんで「メタボ」でなく、「メタボリ」って言うの？
誕生日にあげたコップで入れ歯洗うのやめて。
禿げてもカッコいいから帽子は要らないって。

『おばあちゃんよ』

いきなり写真持ってきて「葬式のときこれ使って」言うて
仏壇の引き出しにしまうのはやめて。

おじいちゃんもお母さんも貴方には頭が上がらないのに、
孫のわがままには勝てない。そんなおばあちゃんが好きだよ。

野球選手の小さなミスをそこまでボロクソ言わんでもいいだろう。
向こうもルールもろくにわかってない奴に言われたくないやろし。

「あの人がな、あそこの人の悪口言よってんや」
私にそんなこと言われても。
私にはそれも悪口に聞こえるで。

「わたし、お母さん、おらんもん」と言ったひとりのクラスメートの一言で、全員が「おじいちゃんよ」「おばあちゃんよ」で書こうとした優しさ、一つ一つの一行詩の温かさ、滑稽さ、こまやかさに脱帽です。

この時間を皮切りに、また一行詩作りが復活しました。第三弾です。

生徒たちは、廊下で会っても、グランドで会っても、「先生、はい！」と言って紙切れを手渡してくれるようになりました。

思わずクスッと笑ってしまう時もあれば、立ち止まって動けなくなるような深刻なものもありました。授業に行っても教卓の上に置いてありました。宿題でもないのに…。

ある日、一人の生徒が私に抱きついてきて、離れません。

その日はなかなか抱きついた手を離しません。お母さんが再婚されたようです。


「何かあった？」と聞きました。

「お母さんに会えた。相手の男性にも会った」

「そう」

よかったねとは言えませんでした。

「相手の男の人、面白い人やったわ」

「そう」

「お母さんのおなかにいた赤ちゃん。おなかの中で死んじゃったんだって」

「そう。お母さんも大変だったんだ。でもあなたに会いたかったんだ」

その子は、こっくりうなずいて、走っていきました。


この子が毎日のようにくれた一行詩の一部を紹介します。

あたしはのぞまれて生まれて来た子じゃないんだって…
お父さんがもう一人産んでくれたらタバコやめるって約束したから
私を産んだらしい。
でもあたしが生まれて来てもタバコやめへんかったんやで…
この両親最悪でしょ。
意味なく生まれて来たあたし…

一緒に暮らしてないからあたしは自分の母をキレイと言えます。
さすがに人には言えないけど、
あたしは母が大好きだから。

父よ　母がいない毎日さみしくないの？
子どもも大きくなってお父さんの相手もしなくなっちゃったけど、
さみしくない？
もう相手がいることくらい私は知ってる。
再婚してもいいからね。

おとん　おかん　おねえ　おにい
あたしは一番下のかわいがられた…子なんだよね。
やのに今、こんな口悪くて、言うこときかんし、
ふれこくて、ごめんなさい。

お母さんがこの家からいなくなってから四年くらい?

早いもんだね。

私の中学生姿見たいって夢叶わなかったやん…

それはあんたら両親が悪いで。


おねえちゃんに結婚されるの、ちょっとイヤなんやけど…

だってあたしが家事しなあかんやん。

まだ高一やのに…


「お母さん再婚おめでとう」

素直に言えたよ。

赤ちゃんがお腹におるって聞いた時…

不安でいっぱいやったんやで…

あたしらきょうだい三人を忘れるんちゃうかなぁって。

おっちゃん、おばちゃん
あたしのお母さんがいなくなった時、離婚した時に
「あなたは大事なおっちゃん、おばちゃんの家族なんやで」
って言ってくれたね。
「おばちゃんの子どもでもあるんやから」
って、なによりの心の支えになりました…

おばちゃんよ
「おばちゃんのこと　お母さんって呼んでくれてもいいから」
って言うてくれたね…
でも、あたしのお母さんはたった一人だけなんよ。

抱きついてくる時、彼女は「じゅうで〜ん」といいます。そして離れるときは「充電完了！」と。

母親との再会のあとの一行詩はこうでした。

久々に会って、やっぱり自分の母が一番キレイって素直に思えたよ。
どこにいても私はあなたの娘です。

後藤先生にだきつくと泣きたくなる。
めっちゃ落ちつくねんよ。

ボーっとしていると自然に涙がこぼれるのは、なんでなん？

以前は、反抗する子どもに手をやいて困り果てるお母さんを見て、生徒に「母親の気持ちがわからんのか！」と叱ったものでした。

最近は、お母さんの方に「お子さんの気持ちわかりますか？」と問いかけたくなります。金銭的なことでもそうですが、子どもたちは私たちが思っている以上に親に気をつかっています。たっぷり愛情を注がれず、いまにも折れそうな子がたくさんいるのです。最初は特殊な例だと思っていましたが、年々確実にふえ、状況はどんどんひどくなっているように思います。

この生徒は、このあと、涙が自分の意志でとまらなくなって病院通いをするようになりました。結婚を間近に控えたお姉さんが「この子に必要なのはお医者さんではなく、母親だ」と言って、お母さんと連絡をとって一日たっぷり一緒にいたそうです。お姉さんには連絡先を教えておられたようです。たった一日ですが、べったり甘えた彼女は、笑顔で学校に来ました。今度は抱きついて来ませんでした。

甘えたいさかりに親に甘えられない、そんな生徒がクラスに三分の一もいることを一行詩から知りました。

こんなこともありました。

授業に行くと教卓に紙切れが置いてあり、自分が中学時代いじめに遭って思いつめ、屋根に上って自殺を試みたと書いてありました。けれどこの学校に来て、「生きていてよかった」と実感できたと。

彼女はこの文章をみんなの前で読んでほしいと言いました。迷った末読んだあと、そっと文章を返しに行くと、彼女はノートにこう書いていました。

「よかった」

今日、国語の時間に私の長い文章を先生が読んで下さいました。この文章には本音だけを書きました。この文章を書くのに私は必死で決断しました。

私が書いた文章には、私の知られたくなかった過去が書いてあるのですが、実は最初からこのことを書こうと思っていたわけではありません。でもこのまま辛い過去を誰にもうちあけずにそのままにしておくのもどうかと思ったのです。

これを書いて何かが変わったというわけではないけど、ここ何年か悩み苦しんできた事が一気に吐き出せて、肩の荷がおりた気がしたのでよかったです。

そのころから私は一行詩には不思議な力があると思い始めました。

私は地元の公民館を皮切りに、神戸・大阪・京都・東京と講演の機会をいただき、積極的に講演活動を始めました。CD―BOOKを作成してくださった、きかんし協会で、「一行詩の広場」が設けられ、FMわいわいのラジオ番組を担当させていただいたり、ラジオ関西の「げんきKOBE」という番組制作者からお便りをいただき、「二行詩を高齢者と若者の心の架け橋にしたい」という申し出で、ラジオ番組に出演したりしました。

そんな中、リスナーからこんなお便りをもらいました。

九月、近畿総体に出場する息子に「今日の感想は?」と聞きました。「そりぁ、うれしいわ。二年ぶりに出れてんから。今回の表彰状は何位でもお母さんにあげるな」と言って出かけました。

その言葉が嬉しくて、涙がこぼれそうになるのを隠して「ママ忙しいから試合は見に行けへんよ! 楽しんでおいで!」と言いました。

私は息子が近畿総体に出場できたから嬉しいのではありません。三ヵ月前の息子とは大違いの、笑顔で試合を楽しんでいる姿が見えたから嬉しかったのです。

高校生になって、自分の思うような成績が残せず「僕は数字の世界で生きてるねん。成績残して当たり前って言われてるねん」と思いつめてピリピリした息子の顔を見て正直ショックでした。

「こんなに毎日練習頑張っているのに、今以上に頑張れなんて言えない！」「好きでやっている陸上競技を、なんで楽しめないのか？」「そんなに試合の成績が大事なのか？」　かわいそうにと思いました。

そんな時、後藤先生に出会い、講演を聞いて涙がこぼれました。

「これだ！これで息子に伝えよう！」と。

私も一行詩で息子に思いを伝えました。

試合の結果なんか気にしないで。
ママはキミの日々の努力を見てるから。

思いかけず一行詩で返事が帰って来ました。

いつも知らん顔しててくれてありがとう。
もうちょっと陸上楽しんでみるわ。

その後、何か吹っ切れたように息子は変わり始めました。
近畿総体のときは「今日の試合、すっごい楽しかったわ、一行詩も作ったで」

ほしかった二年ぶりの出場権。
それでも結果はまた三位。

何位でもママには君の笑顔がナンバーワン！

私も返しました。

八月、長居競技場で世界陸上を見た息子は改めて陸上の魅力にとりつかれ、「僕はずーっと陸上に関わっていたいから体育の先生になりたい」と言って進路を決めました。
忙しいから試合は見に行かないと言った私は、日傘とキャップとサングラスで顔を隠し、たくましくなった息子の勇姿にドキドキハラハラしながら一行詩。

見たかった。とびっきりの笑顔。
なのになぜか目を閉じ祈ってる。

我ながら笑ってしまいます。試合から帰った息子は、とびっきりの笑顔で表彰状と生意気な一行詩をくれました。

応援は嬉しいけど、なぁおかん。
あれで隠れてるつもりなん？

そして「絶対見に来てると思ってたもん。ありがとうな！」と言ってくれました。

私は大事なことは一行詩で伝え、これからも知らん顔して見守っていきます。

この息子さんが体育大学に合格したという喜びの知らせをいただきました。
私も嬉しかったです。

第三章　「こんなお父ちゃんで　すまん」

～モンスターペアレントは悩んでいる

これは、私教連の主催で、当時大阪大学の教授をしておられた小野田正利氏と「モンスターペアレントは悩んでいる」というテーマで講演をさせていただいたときの話です。当時いわゆるモンスターペアレントが、学校現場を悩ませ始めていました。そのときの私の例話をお伝えしてみたいと思います。

カウンセリングの学びもしておらず、決してモデルになるような対応ではないのですが、親と子の心情について、また「イチャモンは貴重な保護者との接点」という小野田正利氏の見解について、いろいろ考えさせられました。

『モンスターペアレントは悩んでいる（1）』

三月のことです。私学の女子高の併願者と二次募集の合格者招集日、私は受付で知り合いの奥さんを見かけました。二、三年お会いしていなかったのですが、受付で私を見ても挨拶もされません。私が会釈をしても知らん顔。「人違いかなあ。私が太ったからわからないのかなぁ」と思って会場に入りました。

校長先生が「いじけるな。いじけた人間は伸びない。ここで志望校へ合格した生徒を見返せるような三年間を送りなさい」という非常にストレートなメッセージを送られたあと、私が学習指導部長として壇上に上がりました。

はじめは単位のとり方やカリキュラムの話だけをするつもりだったのですが、会場に集まった生徒の暗い顔を見て、私は卒業生の「学校よ」という一行詩を紹介しました。

学校よ　まさかここに来るとは思っていませんでした。
でも今では　ここに来たのは運命かもしれないと思っています。

友だちが学校の文句を言う。
私も学校の文句を言う。
だけど心の中はいつも逆のことを思ってた。
すばらしいと思ってた。

「朝の礼拝、意味あるん?」と思ってた。
三年経てば…鼻歌が讃美歌になっていた。

「百年の伝統」よくばかにしてた。
だけど今では、私の一番の自慢です。

「どうぞ素直な気持ちで努力する人であって下さい。みなさんは導かれてここに来られたのだと私は信じています」と言って結びました。

制服や教科書の購入が終わったところ、「後藤先生に会って帰りたいとおっしゃる親子が玄関で待っておられます」と事務所から電話があり、降りていきました。

受付で出会ったお母さんでした。

「今日はごめんなさい。娘が家のすぐそばの公立高校を落ちて、電車を乗り継いでこの学校に通うことになった。毎日毎日、この子が勉強しなかったばっかりに朝早く起きないといけないし、学費は高くつく、電車賃はいるわで腹立たしくて気が晴れる時がなかった。ここの校長先生にいじけるなといわれて目が覚め、一行詩を聞いて気持ちがほぐれた」とおっしゃいました。

私は母親の後ろで肩身が狭そうにうつむいている娘さんに「辛かったでしょ」と言いました。

お母さんは、「本人は自業自得だけどね」とおっしゃるので、「落ちたのも辛かったけど、お母さんがガッカリしているのを見るのも辛かったよね」と言うと、本人がボロボロ涙を流しておえつをもらし始めました。

お母さんはすごく驚いて、「ごめんごめん、毎日嫌みの連発で。お母さん、あなたの気持ちまで考える余裕なかったの。『なんでうちだけこんな思いをさせられるのか、お友だちはみんな合格してるのに』とそればっかり思い詰めてたから」と。

私が、「制服とても似合ってるよ」と言うと、その子は泣きやんでほほえみました。「この学校に来たくなかったの？」と言うと、「私の夢は保育士になること。だから第一希望は幼児教育進学コースや附属幼稚園があるこの学校だった。だけど公立に行ってちょうだいと言われていたから」とまた涙。

「じゃあ、よかったね。ピアノも弾けるし、うってつけだね。進路に直結してるよね」

と言うと「うん」とにっこり。

入学式、お父さんとお母さんに挟まれて彼女はやってきました。別人かと思うほどの笑顔。お父さんが、「『ここに来ることになってかえってよかったな』って三人で喜んで来させていただきました。安心して娘をお預けします」とおっしゃいました。

「『ここに来てよかった』そのことばを三年後にもう一度聞けるよう、一緒にがんばろうね」と言って握手しました。

『モンスターペアレントは悩んでいる（2）』

四月の終わりのことです。一人のお母さんから学校に電話がありました。

「先生、娘が登校したんですが、今ごろ通学路でクラスメートにナイフで刺されて死んでいるかもしれません。見に行ってくれませんか」と泣き声。

私は上履きのまま校門を抜け出して、通学の行列の中にその子の姿をさがしました。

彼女は友人と手をつないで、笑いながら登校して来ました。

お母さんにその旨を電話すると、「娘のブログに『人の悪口言いふらして許せない』という書き込みがしてあった。うちの娘は人の悪口を言うような娘ではない。書き込みをした生徒は、鞄にナイフをしのばせている可能性があるから、昼休みも目を離さないでほしい」と言われました。

結局、放課後事情を聞くと、ブログの書き込み通り、彼女がクラスのトラブルメーカーだということがわかり、生徒同志、互いに謝罪をしました。

そしてお母さんに事情を説明するために、その生徒を車で家まで送って帰ることにしました。

途中で川が見えてくると、

「先生、うちのママ、あの川に自転車ごとはまったことがあるんよ」

「えっ、あんな大きな川。どうして？」

「うちが卒業式にピアノ弾きたかったのが、他の人に決まったから文句を言いに行ったんや。学校へ文句言いに行く途中、腹が立ちすぎて、自転車のままはまったらしい」

「それでどうなったの？」

私はお母さんの身体のことを聞いたのですが、その子は「そりゃ、ママの勝ちよ。ママが怒って学校に行って、負けたことないもん」と誇らしげに言いました。

次に公園が見えて来ました。

「先生、あれ、私が八ヶ月で公園デビューした公園や」

「へえ、八ヶ月で初めて公園に出たの？　小さい頃身体弱かったんだ」と言うと、

「ううん、健康優良児だったらしい。でも人の菌をもらったら大変やからと、八ヶ月まで外に出さんかったんやて」

「ふうん、大事にされたんやね。それほどあなたとお母さんは仲良しなんだ」と言うと、
その子は、大きく首を振って、

「毎日毎日モノ投げたり、とっくみ合いのケンカしているよ。下の階から苦情が来るもん」

「そのとっくみ合いのケンカは、どうやって終結するの？」

「パパがいつも間に入るんや。『もうええかげんにせんか！』って。そしたらそこから『あんたが甘いから子どもが言うことききかんのや』って夫婦ゲンカになるねん。そうなると私は遊びに行くねん」と。

「あっ、そう」と二の句がつげられません。

マンションの自宅にあがると、お母さんが、「一日中生きた心地がしなかった。心配で胃が痛くモノがのどを通らない。相手の子、退学にして下さるんでしょうね。それとも警察行きですか」とまくしたてました。

私は「ご心配おかけして申し訳ございませんでした」とていねいに詫びたあと、「もし私の娘が同じ目にあったら、私だったら『あなた、こんな書き込みをされるような誤解をうけることをした覚えはあるの？』と一度は聞くと思いますが、お母さんはそんなことを娘さんに聞かれなかったんですか」と尋ねました。

お母さんはとり乱して「だから、先生、言ってるでしょ。この子は声をあらげて人の悪口言えるような子じゃないんですよ。小さい頃から」とおっしゃいました。

「でも一回だけ試しに私の前で聞いてもらえませんか？」と言うと、「聞いても一緒ですよ。ねえ、悪口なんて言わないわよね？」と言われたところ、車の中でクラスメートや母親の悪口を言いまくっていたその子が黙ってしまいました。

それを見て母親が逆上して、「あんた、悪口言うたんけ!? またウソついたな」とつかみかかりました。

必死でおさえてから、クルッと部屋を見回し、「お母さん、このピアノの部屋の防音設備っていくらかかりました?」と尋ねました。

「二百万!」

私はびっくりして、「あんた、出世払いで二百万円払いよ。何から何までしてもらうのがあたり前やと思ったら大まちがいやで」と言うと、お母さんが私の手を握って、「先生、親が言えんこと、よう言うてくださいました。ずっとそれを言いたいと思ってたんです」とおっしゃり、帰りは玄関まで見送って、「ごくろうさまでした。お気をつけて」と深々と礼をしてくださいました。

「お父さんも内心心配しておられると思います。お目にかからず帰りますけど、よろしくお伝え下さい」と言うと、涙を流されました。

大変な一日でした。

子供も大人も私自身も含めて、人間は自分の都合のいい事を言うものです。でも「ゴジャ」に見えることの中にも、どこかに親子の真実も潜んでいて、憎めない気持ちになります。

見る角度を変えたり、無関係に見える会話からほぐれていく。小さな余裕が大切なのかもしれません。この生徒は音楽大学へ進学しました。

『モンスターペアレントは悩んでいる（3）』

ある秋の日、一人のお父さんが怒鳴り込んで来ました。

問題行動が机の落書きから発覚し、本人も素直に認めて反省し、謹慎処分をうけたのですが、日ごろから欠席が多いため、年度の終わりに時数不足が出て進級があやぶまれたのです。


お父さんが担任と指導部長に、「お前らが大目に見たら、こんなことにはならんかった。中学校の担任は、そんなことにいちいち目くじらたてなんだ。お前ら、うちの娘に恨みがあるんか？」とわめき散らしました。


私は娘である生徒と隣の部屋でそのやり取りを聞いていました。

「学校をかち割るくらい簡単や」とか「お前の娘にもこの苦しみ味わわしたる」とか、そんな言葉を聞きながら、彼女に言いました。

「この事態をあなたは望んでいたの？」と。

彼女は大きく横に首をふりました。

「先生止めて」と泣きそうな声で言いました。

「私が止めてもムリだと思うよ」

「じゃあ、私が止めてくる」

「どうやって止めるの？」

「『やめて！』って言う」

「ムリだと思うよ」

「どうすれば止められる？」

「そうだね、お父さんはあなたが可愛くて仕方がないんじゃないかな。まずお父さんにお礼を言うことだね」

彼女は私の言ったとおりに、「お父さん、私のためにありがとう。でももういい、明日から休まんようにする」と言いました。そしたらお父さんは、娘の前で土下座して、

「こんなお父ちゃんですまん。こんなことしかしてやれないお父ちゃんを許してくれ」

と、地面に頭をすりつけて泣き始めました。

娘が「お父ちゃん、やめて！」と泣き出すと、今度は私の方を向いて「わしは子供が小さいころから家であばれて、こいつの母親とケンカばかりして来た。この子はわしらのケンカするとこしか見てない。あげくに離婚。なのにこの程度のグレで、ちゃんと高校へ行こうとしてるんです。処分するんやったらわしを処分してください。この子には罪はないんです。母親はわしが高校中退してるから、この子がこんな風になるんやと言って、わしを責めます。わしにはこんな方法しか思いつかんのです」と。

私は何と言っていいかわかりませんでした。

娘が言いました。

「お父ちゃんのせいやない、うちが悪いんや。でも、もうやめさせてほしいんや。

お父ちゃん中退してても、ちゃんと働きよるやんか。私も中退しても、ちゃんと働く」

お父さんはうなだれて子供を連れて帰ろうとされました。私は玄関で言いました。

「中退しても立派に生きてる人はたくさんいるけど、私は待ってるで。一行詩の冊子に必ず卒業するって書いたやろ。先生は約束守ってほしい。まだ間に合う。あんたがやり直すところはここや」と。

翌朝お父さんから電話がありました。

「あんな醜態さらしたのに、『今日はお父さんのアパートに行く』と言ってうちへ来てくれまして、朝、お弁当作ってやったら、『お父さん、ありがとう』言うて持って出よりました。先生どうぞよろしう頼んます」と。

電話のむこうで頭を下げておられる姿が目に浮かびました。

廊下で彼女に会い、「二度とお父さんをゴネさすようなことしたらあかんで」と言うと、「一行詩の冊子に、『絶対卒業する』と印刷されてしまってるから、卒業するしかないやろ」と言いました。

「モンスターペアレントは悩んでる。子育てに苦しんでいる」と私は感じています。あばれることしか知らないというより、あばれることを知っているモンスターはまだ「接点」「切り口」が掴めてありがたい気もします。

小野田正利氏はこう言っておられます。

「イチャモンは常に連携のチャンスでもあるのです」と。

私はある意味そうかもしれないと思います。でもイチャモンから子供の心は育ちません。

親も教師も自分たちの中心にある一番大切なものは「子供の心」だということを忘れてはならないと思います。

ちなみに彼女が書いていた文章は、

「学校辞めたら、今はうるさいけど、怒ってくれる先生もおらんようになる。今はまだ素直に先生の言うこと聞けないけど、三年間で直して、絶対卒業しようと思う」

でした。

こんな短い一文や二文が、土壇場で教師と保護者と生徒をつないでくれたと私は思っています。

以上のような活動を積み重ね、二〇〇九年十一月、全国高等学校国語教育研究連合会第四十二回研究大会『生きてはたらくことばの力』が横浜で行われ、県立鎌倉高等学校で「『いのちのことば』で綴る一行詩」と題して授業実践発表をさせていただきました。
その時の実践報告集の抜粋です。

発表にあたって

表現活動を通して、私は生徒たちの心の闇に光が差し込んでいくのを目のあたりにしました。私達の日常には、そんな小さな変化、可能性がたくさん隠れていることを実感し、表現活動がもたらす「日常の奇跡」というものを追ってみたくなりました。その中で私は、生徒たちのことばがまさに生きてはたらき、本人はもちろんのこと、私もふくめて周囲の人たちの心を耕していくのを覚えていったのです。

実践を通して、一行詩の背景には、思春期の子どもたちの苦しい悲しい家庭環境があることも分かりました。そして、一行詩を書くことで日に日に生徒たちの表情がやさしく変わっていくのが実感できました。現在は、思春期の子どもの心についての講演活動にかかわっています。地域への一行詩の広がりは、親子関係・家庭関係に優しさと幸福を思いがけずもたらしています。思春期の子どもの「ウザイ」「キモイ」の裏には「ごめん」「ありがとう」の気持ちが込められているのです。ちょっとした心の断絶もすれ違いも、修復してくれる力が一行詩にはあります。「生きる力」とは鍛え上げていくものではなくて、本来、人間の弱さを受け入れていくものではないでしょうか。

発表を終えて

神戸新聞の「若者BOX席」に、こんな投稿がありました。

「理由がないのに不安になる。イライラする。汚い言葉をわざと使って周りの大人に反抗する。思っていることの反対ばかりをしてしまい、そんな自分に腹を立て、どんどん悪循環。『あっちへ行け』は行かないで、『大嫌い』は大好きだよ。(十七歳)」

「大人になって自分が成長したと思えることはたくさんありますが、小さい頃に置いて来てしまった広い心や素直な心が今の自分に必要な気がします。（十八歳）」

表現活動の根本は素直な自分になれること、そこに生きる力の源があるというシンプルな思いの中で積み上げた生徒たちとの心の交流を、発表する機会を与えられて本当に感謝しています。

発表後、江ノ島の浮かぶ湘南海岸を眺めながら坂道を下っている時、後ろから来られたひとりの先生からいただいた、紙切れに記された一行詩

「口で語らずとも　背中が語る　あなたの仕事に最敬礼！」

私の宝物になりました。

生きにくい時代の中、人の心と向き合い、世代を超えた「いのちのことば」を追究していきたいと思います。

全国大会の発表を終えたとき、「先生、一行詩を広めてね」と言って卒業した生徒たちとの約束が果たせたと思いました。

ところが、その直後に、私は心身のバランスを崩し、大好きな学園を去ることになりました。鬱病の診断でした。起き上がれなくなって一ヶ月、昏々と眠り続けました。二〇〇九年の師走のことです。

そして年明けに、検診で乳癌が見つかり、心がよたよたになりました。三月に手術。五月から抗癌剤治療、八月から放射線治療と、闘病生活を強いられました。三人に二人は癌にかかる時代と言われても、自分に告知されると衝撃です。抗癌剤治療で髪が抜け落ち、放射線治療では皮膚がやけどのようにただれてしまいました。

こうして私のミッションスクールでの一行詩作りは、あっけなく幕を閉じたのでした。

第四章　「人と一緒に輝く未来がまっている」

～ある路上詩人との出会い

　ようやく治療が終盤に近づいた二〇一〇年の秋に、一人の路上詩人、上山光広さんと出会いました。まだ一本も髪が生えず、なんで自分はこんなところにいるのかと思うたびに涙が止まらなくなる辛い時期でした。

　上山さんは、そんな私の無念な思いを聞いてくださり、「生徒たちと一行詩作りをしてきて、『一行詩を書くときが、わたしが素直になれるとき』と言ってくれたのに、一番素直になれなかったのは自分かもしれない」と話したところ、急に大きな筆を執って、「素直」と紙の真ん中に書かれました。そして、上に「わたしが」下に「なれるとき」と。そうして傍らに「いのちのことばで綴る一行詩」と書かれました。

書き終わった上山さんは、その和紙を私に手渡して、「いつか本を出す時、これを表紙に使ってください」とおっしゃいました

私は、「そんな日が来るはずがない」と思いつつ、まだしばらく話を聞いていただきました。私の泣き言をじっと聞いてくださった後、今度は和紙に「一期一会」と書いて、その下に

「後藤桂子　一瞬のめぐりあわせで　人生は変わる。おおくの子どもたちが桂子とであって　人生を変えたように。だから　桂子の人生も　一瞬のめぐりあわせで　変わる。　人と一緒に　輝く未来がまっている」

と書いてくださいました。

私は、涙が溢れて、声が出ませんでしたが、かろうじて、「人と一緒に輝く未来なんか、私に来たりしますか？」と聞きました。上山さんは、きっぱりと「きっと

来ます！」とおっしゃいました。

私はすべてのことに自信を失い、いのちの不安におびえていましたので、ここに書いてあるような「子供たちを変えた」なんておこがましいことは全く思っていなかったのですが、「人生は一瞬のめぐりあわせで変わる」「人と一緒に輝く未来がまっている」という文言は、未来の見えない私の心に一条の光を与えてくれました。

そして、「次につながる何かをしたら？」という夫のことばでハローワークに行きました。

そこで、また一人の産業カウンセラーと出会い、「そんな経験をされたあなただからこその心の学びをしてみませんか？」と言われて、産業カウンセラーの養成講座を受ける決意をしました。

産業カウンセラーとは、「心理学的手法を用いて、働く人たちが抱える問題を、自らの力で解決できるように援助する、心理職資格である」とありました。正直私は、資格を取ろうとか、また働けるとは全く考えていなかったのです。鬱も癌も再発の怖い病気でしたから。

ただ、社会に出て心理的に働けなくなるというのは、ある意味不登校よりも深刻だと実感しましたし、パワハラや虐待やいじめの被害者のみならず、加害者の心の闇にも光が当てられないと、生き辛さは軽減されない。それは「指導」ではなく、「共感」であったり「寄り添い」でなければならない。学校というボックス、教師という資格から離れたいと思いました。

二〇一一年三月、産業カウンセラーの資格を取得しました。折しも東日本大震災が発生し、人生観が揺さぶられた年でした。

その春から、私はあるＮＰＯ法人に参画し、市役所でシングルマザーの就労支援（キャリアカウンセリング）をするようになりました。

シングルマザーといっても、まだあどけない女性もいて、中高一貫の女子校で十代の女生徒とふれあって来た経歴から、高校を卒業できずに子育てをしている女性のカウンセリングを依頼されるようになりました。

行政の現場では学校現場とはまた違う問題に直面し、そのうちに、ケースワーカー対象にセミナーを開いたり、悩みの深いケースワーカーのカウンセリングをする機会も与えられました。

このシングルマザーの就労支援をしながら、高校卒業資格を取ることが、自活して将来を切り開くために必要なサポートになると思うようになりました。

そんなとき、「ある通信制高校が教育コンサルタントの募集をしているから、行ってみたらどうか？」とＮＰＯ法人のスタッフの一人に勧められ、面接をしていただいた結果、非常勤講師としての採用が決まり、国語の授業を担当。キャリアカウンセリングもさせていただけることになりました。

鬱と癌の精神的ダメージから立ち直らせてくれた上山さんのメッセージを名刺に刻んで、私の一行詩の旅はまた始まりました。市役所を経て、通信制高校へ、大学へ、教員免許更新講習へ、市民講座へ。今から考えると、まるで上山さんの「ことばのマジック」が、私をいざなってくれたようでした。

それが今、「ありえない」と思っていた本の出版に至りました。

十年近くの時を隔てて、突然電話した私を、上山さんは覚えていてくださって、本に直筆を使うことを快く了承してくださいました。

その作品が、この本のタイトルになったのです。その時の書をここに掲載させていただきます。感謝をこめて。

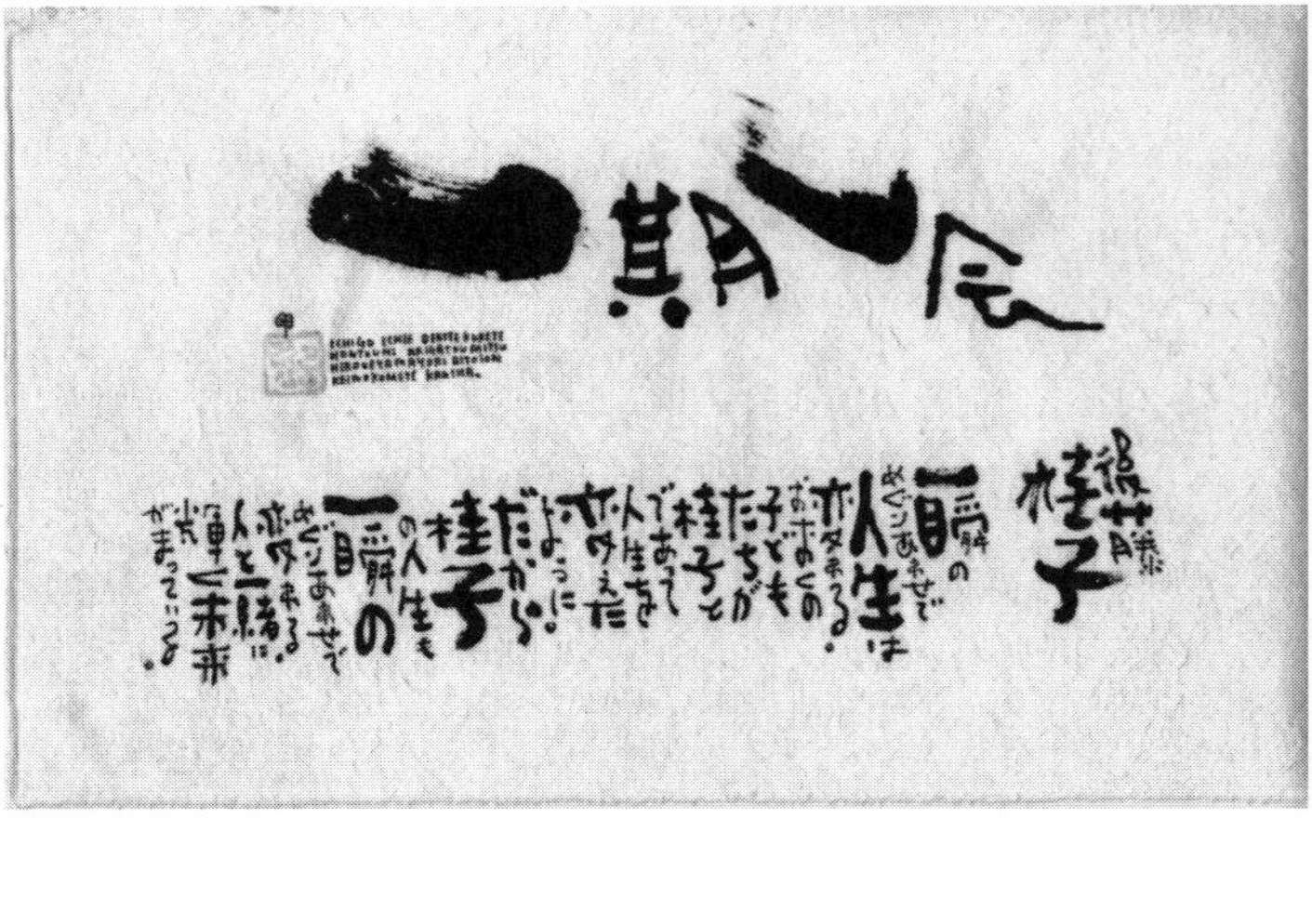
一期一会
桂子

第五章　「もう少し生きてみたら?」
～通信制高校生のつぶやき

通信制高校の「国語表現」の授業で一行詩をやってみると、ずいぶん勝手が違ってまた驚きの連続でした。

あの日の朝、言えばよかった。「いってらっしゃい、お父さん」と

授業中、時々過呼吸を起こす生徒です。気に入らないことがあると、窓の外をぼんやり眺めだしたりします。

右の一行詩を出してきたので、「あの日の朝っていつ?」と聞きました。

「お父さんが死んだ日」「『いってらっしゃい』を言えなかった日」とボソリ。

「どうして、『いってらっしゃい』を言えなかったの?」

「学校でずっといじめられていた。椅子に押しピンが置いてあったり、先生が黒板に向かっているときに、後ろから消しゴムを投げられたり」

「担任の先生は知らなかったの?」

「先生に言ったら、『私が注意したら、その子たちが余計に逆恨みして、あなたへのいじめがひどくなるから、知らん顔しとくね。辛抱して明日も来てね』と言われた」と。

「両親には言ったの?」

「父は教師だった。私は教師が大嫌いだったから、父に八つ当たりした。あの日の前の晩も家で暴れて、翌朝玄関で父に会ったけど『いってらっしゃい』が言えなかった。その日の

夕方、お父さんは車を畑に突っ込んで即死した。あの時『いってらっしゃい』を言えてたら、お父さんは考え事しないですんだかもしれない。私のせいで死んだと五年間思い続けてきた」と話しました。

この通信制高校では、英語と情報と国語表現の三つの授業担当者が協力して、一行詩に音楽と動画を入れて膨らませ、それを英語に直してインターネットで発信するという複合授業に取り組んでいました。国語表現の授業で作った一行詩は、情報の授業に文と映像と音楽が足されていったのです。動画に描かれた一行詩は、このように変化していました。

夕方になるとなぜかさびしくなる
それはきっと、父があっちの世界に行った時間だから
最後の朝「いってらっしゃい」が言えなかった
ずっと後悔している私
空っぽになった自分の心

ささいなことで母とけんか
あの時、誰とも話したくなかった。そんな思いが
一生の後悔になるなんて

でも、このままじゃいけない
「おまえには、たくさんの人がついている。今も」
そう、父が言ってくれているような気がする

五年間、胸の中に押し込めた思いを吐き出したとき、「お父さんの声が聞こえた」と彼女は言いました。その声は、「お前には今もたくさんの人がついている」だったと。

九割が不登校経験者で占めるこの通信制高校。彼女はこのあと生徒会役員として、文化祭の運営委員になりました。

司会でステージに立ったとき、スポットライトが当たり、「今まで目立ってはい

けない。自分はグレーでないといけないと思っていた自分に、こうして光を当ててくれる人があるとすごく感動した」と言いました。

それから「私も人にスポットライトを当てる人になりたい」ということで、地元にあるホールの裏方（照明）の仕事を手伝うようになりました。

その後、東京で行われた高校生の国際交流の大会で、この一行詩のＤＶＤ作品を英語で発表。自分の思いを表現し発信することで自信をつけたのか、「舞台の仕事がしたい。でも母子家庭だから大学に行くのは難しい」と言うようになり、お母さんと相談したところ、「お父さんが残してくれたお金がある。それであなたがしたいことを実現できたら、お父さんも喜ぶだろう」と言ってくださったそうです。

結局彼女は卒業後、映画大学というところで学び、学園ものの脚本作りに取り組みました。自分をいじめた友達も、自分を助けてくれた熱血先生も、嫌いだった先生も、みんないい登場人物と化していると笑っていました。

一行の自己開示が自分を救うことがあるのだと教えられました。

そして、こんな一行詩も。

お父さん、よく海外旅行に連れて行ってくれるね。

「ええなあ、海外旅行ってどこに行くの？」と聞くと、「なんぼほど金持ちやねん!?」と吐いて捨てるように言いました。

「海外旅行はシンガポールと台湾。ずっと母一人子一人で気楽に暮らしてきたのに、『結婚しないと高校にやってやれない』とか言われて、再婚したら兄弟までできて、名字も変わって、急に、『お兄ちゃん』なんて言われても気をつかうし、別に海外旅行したかったわけやないし」とぶつぶつ。

「じゃあ、そう書けばいいのに」とのやり取り。

それからしばらくして、「阪神淡路大震災から二十年のメモリアルに、『いのちをテーマにした一行詩』を募集しているから出してみようか？」と授業で持ちかけたときに、この生徒が書いた一行詩はこれでした。

生きてるって素晴らしい。

「素晴らしい」という言葉と彼の普段の表情があまりにかけ離れていたので、「何が素晴らしいわけ？」と嫌みに聞いてしまいました。すると、彼は、こんなことをみんなの前で話し出しました。

「四歳の頃、両親が離婚した。その後、男の人が入れかわり立ちかわり部屋に来るようになって、ある時やってきた男に『二十まで数えることができなかったら家から出て行け』と言われた。僕は必死で二十まで言う練習をした。でも、『言え』と言われた時に十六まで言えたのに十七で詰まってしまって、そこからあとがどうしても出て来なかった。そしたらその男が、『約束だから』と僕を家から放り出した。

はじめ、家の外で泣いていたんだけど、あまりに寒いから、ドアを叩きまくった。朝までこのままだと死んでしまうと本気で思った。手で叩いたのか足で蹴ったのか覚えてないけど、体中でドアを叩いて叫んだ。すると男が出てきて入れてくれた。あの時ドアを叩く勇気がなかったら、死んでいたのではないかと思う。

ずっと忘れていたことだけど、『いのち』といわれて、急に記憶がよみがえった。だから今生きてるのは奇跡だし、素晴らしい」と。

授業に出ていた生徒が聞きました。

「四歳のときの事なんか、覚えているかなぁ?」と。

すると、「ホンマに怖い目にあったら覚えてる。今まで思い出したくなかっただけ」と答えました。

「追い出されたとき、おかんはどうしてたんや？　隣の部屋に居てたんか？」と別の生徒が聞くと、「母子家庭に別の部屋なんかあらへん。ワンルームや。テレビ見とったわ。聞こえない振りしとった」と悲しそうに言いました。みんな黙り込みました。

「たった四歳で、自分で自分の命守ったんや。すごいな。せっかく勇気出して守った命やから、やりたいことしようぜ」とひとりの生徒が言いました。

彼は「アニメが好きだから、声優になりたい」と言いました。

「声優は食べていくのが難しいで。でもメッチャええ声しとるな」とみんなが言うと、「まぁな」と言って、にやっと笑いました。

残念ながら、この生徒は家庭の事情で、退学してしまいました。

その「いのちをテーマにした一行詩」の応募で、こんなやり取りもありました。三百八十六人の応募の中、入場者の投票で、このクラスの二人が準大賞に選ばれたのです。準大賞の二作品を紹介します。

友よ、
「もう少し生きてみたら？　やりたいことあったんじゃない？」
と言ってくれてありがとう。

この一行詩を書いた男子生徒は、進学した高校の放送部でひどいいじめに遭い、かなり思いつめたようです。この友人の言葉で自殺を思いとどまることができたと言いました。

その後、私と一緒にＦＭわいわいの「一行詩の広場」というラジオ番組に出演することになった際に、この友達に、「君のこと話すけど、いいか？」と聞いたそうです。友達は「必ずラジオを聴くから」と言ってくれたそうです。

「この一行詩とやり取りを通して、前の学校でのいい出会いも思い出せてよかった」と彼は言いました。そして、「このときのいじめのことを家族にも言ってなくて、本報初公開だ」と番組中に語っていました。

それから彼はこのFMわいわいという無人の放送局の放送機器を担当するようになりました。

放送の音響を任される中、「いろんな出演者や様々な場所で繰り広げられる一行詩と出会えて世界が広がった」と喜び、いじめに遭った不登校生とは思えないくらい、生き生きしだしました。

みんな心にいろんな思いを抱いていて、言いたくはないけど知ってもらいたがっている。

そして、それが言えたときに、確実に変わっていくと思いました。

この生徒は、別の作文で、こんなことを書いていました。

「授業からラジオボランティアへ
人生はどこに続くかわからない無限連鎖。
出演もボランティアも、さかのぼれば、あの辛かった放送部の部活。
忘れたかったはずの記憶が今、忘れたくない記憶になった。
辛いことも詩になった。
昔のことはどんなこともいつかは話のネタに変えられるんだ。
あとからも心にしみる友の言葉
『もう少し生きてみたら？　やりたいことあったんじゃない？』
望みが叶うまで、忘れないと思う」

一つの言葉が人を生かしも殺しもする。私もこの友だちに会ってみたい気持ちになりました。

この「いのちをテーマにした一行詩」で準大賞をとった作品のもう一つは、女子生徒が書いたものでした。

集団にまみれて、本当の自分を見失い、
一人になるのが怖くて、また偽りの自分を作り出す

彼女は「私がこれまで熱心に取り組んだこと」の作文に次のように書いていました。

「私がこれまで熱心に取り組んできたのは、一行詩です。その理由は、自分の気持ちを素直にさらけ出すことができるからです。口に出せないことも文字にすると気持ちが楽になります。何回も書いていくと楽しくて、自分はこう思っているんだなと確認することができます。このことから私は、自分の気持ちを文字で表現することの楽しさを学ぶことができました。

私の一行詩を見た人がたくさん評価してくれて、自分の思いが伝わったことが、一行詩を楽しいと思えるきっかけの一つになりました。これからもたくさん書いていきたいです」

彼女は、この作文のあと、オーストラリアへの留学を決めました。

「小学校・中学校は小規模校でお山の大将だった。ところが、入学した高校がマンモス校で、人間関係の構築に戸惑った。自分を知る人がいないところで、もう一度自分の本来の積極性や、人と接する楽しさを取り戻し、本当のコミュニケーション能力を身につけ、世界を広げたい」

と話してくれました。そのときの彼女の輝いた瞳が忘れられません。

彼女は、「一行詩を書いてはじめて、なぜ自分がつまずいたのかがわかった」と言いました。一行が掘り起こした「本来の自分」。自分の失敗や心の傷に自分の力で向き合って、一歩前に踏み出すことができました。

「集団にまみれて、本当の自分を見失い、一人になるのが怖くて、また偽りの自分を作り出す」

彼女のこの一行詩は、彼女の思いであると同時に、たくさんの大人をも共感させる一行だったから選ばれたのだと、私は思います。

この年の卒業生の中に、写真の好きな男子生徒がいました。彼もなかなか学校に行きにくい一面がありましたが、写真部を立ち上げて、いろんな写真を撮り、そこに一行詩を入れて見せてくれていました。

私はその「写真&一行詩」がとても好きでした。こんな自己表現もあるんだと楽しませてもらいました。彼が撮った一行詩入りの写真と彼が書いてくれたコメントを紹介します。

【写真＆一行詩】

私は、写真を撮ることが好きです。特に雲が作り出す不思議な空の表情が好きです。雲が作る空の表情が毎回違って見えるのは、その場に居合わせたときの自分の気分によるのかなと思っています。

雲は、自分の心の中を見える形で表現しているように感じています。そんな表情を持った雲の写真に、一行詩を付けてみようと思い、こうして表現してみました。

「同じ志」

住宅の庭に咲くひまわりの花。

これから咲くつぼみもあれば、
花びらをすっかり落として種ばかりに
なったもの、大きさも形も様々です。

だけど、一本の茎からそれぞれが伸びて、
それぞれの「ひまわりの花」を咲かせる。
そんな風景がいいなと思い、この一行詩
をつけました。

そして、この一行詩入りの写真で、
写真部員を募集して、仲間ができたのです。

「喜びや悲しみ　すべて私。」

この作品は、空が明るく晴れているところが喜びや嬉しいといった感情、そして曇っているところが悲しみや不安といった感情を表わしているのだろうと思いました。

そして、それらをひとつの写真のフレームに写すことによって、嬉しいことと悲しいことすべてが自分を構成している大事な要素なのだろうと思いました。

「今日の出来事　明日も笑う夢をみた。」

下校途中の西の空、薄い筋雲と飛行機雲が重なって印象的な空でした。

この一行詩を書いた当時のことを振り返ってみると、何だかうまくいかないことばかりで辛い気持ちで過ごしていたように思います。

「明日も」と書いた自分の「今日」は笑っていたのか。

今、読み返すと、ちょっと切ない気がします。

「抜けた先は思うがまま」

この写真を撮影した時、私は高校二年生という将来に関わる大事な時期で、進路のことなどで不安が多い時期でもありました。

そんな中、気分転換に出かけたトンネルの多い廃線跡を歩いて、トンネルを抜けた時に開放感に近い何かを感じました。

今は不安で周りが暗くても、いつかは抜けて、抜けた先では思い通りとまでは行かなくても、明るい環境にたどり着くのだろうな、そうあって欲しいと思って作成した作品です。

「遅くたって、いいじゃないか。」

桜の花は、いっせいに満開になり、とても美しいですが、写真に撮るのは難しいといつも思います。

ズームすると、同じ色同じ花で埋まってしまいます。その中でつぼみの集まっている枝を見つけました。

みんなと同じに進めない時もある自分の気持ちが重なるような気がして、作品にしました。

「大学で学びたいこと」

私は、通信制芸術大学の写真コースに進学しました。高校で、写真部を創部し、仲間と活動して、写真で自分の感じたことを表現するのが好きだと気付いたからです。

通信制の大学を選んだのは、毎日の通学に不安があったからですが、体験入学に参加し、講義内容がとても面白く、講義の先生方の熱意と、一緒に参加した方々の「学びたい」という姿勢がすごいと感じたからです。

自分の写真で表現するための技術を学ぶのはもちろんですが、スクーリングで一緒になる方々との交流を大事にしたいと思います。ほとんどが社会人、かなり年上の方々が多いので、写真以外のいろいろな事を学べると思います。

そして、これから先の自分の働き方や生き方をしっかり考える時間にしたいと思っています。

「不登校生は真面目でピュアな精神の持ち主」で、「そんなお子さんを育てられた親御さんはすばらしい！」が持論だったスタッフの結束が、生徒たちの可能性を引き出し、若い命をよみがえらせて行きました。

「目に見える言葉や行動の背後にあるメッセージを読み取るセンサーを持ち続けること」の大切さを、この教育現場は、教えてくれたのでした。

第六章　「先生だって人間です」

～教員免許更新講習の現場から

通信制高校で再び教鞭をとるにあたって、二〇一三年に、五〇歳を越えてから大学院生として在学した大学が実施している教員免許更新講習を受けた私は、翌二〇一四年から、同大学の教員免許更新講習で、「心を開く表現活動」の講座を担当させていただくようになりました。

こども園から、小学校・中学校・高等学校・特別支援学校・教育委員会の方まで受講される講座は緊張しました。

「心を開く表現活動」の二コマは、一行詩の実践を中心に展開した講座で、そのねらいを「相手の心と自分の心を開く鍵を見出すこと」としたところ、四十人定員で二八〇人を超える応募がありました。

一人でも多くの先生方に子供たちの書いた一行詩を知ってほしいという思いから、受講を希望して下さった全員の先生を受け入れることにしました。

講座が始まり、一行詩の冊子を読んでいくと、先生方がゴソゴソされるので、「あぁ退屈なんだな」と思っていると、次第にハンカチやティッシュで、鼻をかんだり目をこすったり、男性の先生から嗚咽が聞こえたりするようになりました。「心ある先生がいっぱい！」と嬉しくなりました。

最後のアンケートにこんな感想が寄せられました。

・あたたかい気持ちで帰ることができます。
・ことばの大切さを考えさせられる良い一日となりました。
・自分がこんなに涙もろかったかと不思議なくらい涙が溢れました。
・子供の声に耳を傾けてあげる大切さを改めて感じました。
・抑圧された感情を出せたら人は変わっていく。表現には奇跡の力が込められている。
・「私も変わりたい。変われるのではないか」と今日の講義を受けて自信が持てました。
・「こどもに早く会いたい。仕事を頑張りたい」と思いました。

先生方自身の「心を開く表現活動～一行詩作り」の一端をご紹介します。

【教員免許更新講習二〇一四～「心を開く表現活動」受講者作成の一行詩】

夫よ　私は金のなる木は持っていません。

息子よ　ありがとう。
お前の父になれたこと、人生一番の大役であり、誇りです。

生徒よ　先生だって人間です。

父よ　電話に出てもすぐに「お母さんに変わって」しか言わなくてごめん。
そんなに早く逝くんだったら、もっと笑顔見せたのに。

娘よ　中学生の世界はきびしいね。
私なら逃げていると思う。
よくがんばってるよ。

父よ　生きているときはほとんど話しませんでしたね。
でも今は手を合わせて毎日話をしています。
そんなもんですね、人生は。

母よ　あの時「大学に行け」と言ってくれてありがとう。
当時は嫌だったけど、今その職業で食べてるよ。

夫よ　さかな嫌い、刺身嫌い、おでん嫌い。
あなたは一番手のかかる長男です。

息子よ　一人で立った日、ご飯を食べた日、「かーたん」と呼んでくれた日、
いっぱいいっぱいほめてたのにね。
最近ないね。いつも夜反省。
生まれてきてくれてありがとう。

生徒よ　卒業してからもずっと見てるよ。
忘れないでね。一人じゃないこと。

父よ　生きている間に、もっと親孝行したかったよ。
生まれ変わっても父さんの子どもになりたいよ。

生徒よ　悩んでも、つまずいても、不器用でも、全然問題なし！
大人の私達だって、毎日自分との戦いです。

生徒よ　教職について三十年、
やっとあなたたちのそのままの未熟さを受け入れて愛せるようになった気がします。遅すぎだよね。

最近夫との会話無し。そろそろかな？

妻よ　こんなに髪の毛が薄くなったけど、お母さんへの気持ちは変わらへんで。

天国のお父さんに会いたくて会いたくてと思っていたら、
私の息子がお父さんにとっても似てきたよ。
大事に育てるね。

妻よ　犬だけじゃなく私も見てください。

夫よ　あの頃のトキメキはどこに？
お互い様？

娘よ　甘えて来た時、素直に抱きしめてあげられなくてごめん。
今日良いことをたくさん学んで母は帰ります。

生徒よ　まだ向き合えぬわが心。

校長よ　もっと私のやる気スイッチを探して押してください。

母よ　いつも相談に行くと「暇やから悩むねん！」と言ってくれてありがとう。
おかげで私は何度も立ち上がり、前に進めます。

娘よ　母はいつも怒ってばかりで本当にごめんね。
でもこれだけは知っていて。
母は自分の命よりあなたが大切なんです。

息子よ　いつも「おかえり」と言ってくれてありがとう。
本当は母ちゃんが言ってあげたいよ。
「おかえり」と。

だんなとケンカの翌日は、仕事で癒されリフレッシュ。

息子よ　死にたいと言ってたのに、受け止めてやれずごめんね。
もう一度やり直したいよ。

夫よ　母ではなく、妻ではなく、女として見てほしい。

娘よ　「とうとと風呂に入りたい」といつも言ってくれるね。
この時がずっと続いて欲しいな。

生徒よ　わんぱくで、いつも何が起こるかわからないけど、
毎日のドキドキワクワクする気持ちをありがとう。

息子よ　普通に産んであげあげられなくて、ゴメンなさい。
でも、あなたに会えてたくさんのことを教えてもらったよ。
ありがとう。

夫よ　野球していたパパだから、私の小言もナイスキャッチ。
感謝しています。

息子よ　嫁さん大事だけど、母のこともたまには気にしてよ。

娘よ　母の勝手で離婚してしまってごめんね。
あなたが泣いたこと、今でも心に残っています。

夫よ　娘がいなくなれば、老いた二人　何話す?

園長よ「うちのおばあさん、話がかみ合わなくて困るわ」
園長先生、あなたもです。

生徒よ「今日の授業面白かった!!」は最高のほめ言葉。ありがとう。

生徒よ　気がつけば口うるさく叱ってしまう。あなた達と笑い合いたい。
あなた達をもっとほめたい。

息子よ　メールにめったに返事をくれないあなたからの「わかったよ」の一言。
とても嬉しくて、何度も読み返しています。

夫よ「無理するな」「大丈夫か？」言葉は要らない。態度で示して。

母よ　いなくなって五度目の夏。今も遺影を見て涙が出ます。
まだまだ助けてほしかったのに。

夫よ「オレが守ってやる！」と言った言葉、
最近私が言ってあげたくなります。

父母へ　結婚せずにゴメンね。心配かけているね。親不孝でゴメンね。
でも、私は幸せだから安心してね。

息子よ　人を怒らせないあなたの周りには、友達がいっぱいいるね。
小さいとき子育てに悩んだ。
そんなあなたが人として一番大切なことを、今私に教えてくれている。

母よ　仕事ばかりしていた母。幼い頃さみしかった。
でも今やっと甘えられている。やっと向きあえた。
病気に負けないで。

生徒よ　毎日笑顔をありがとう。
小さい背中で、精一杯生きる姿を、私は守ります。

妻よ　「ありがとう　愛してる」を最後に必ず言うからな。

生徒よ　あのときのあの事件もこの事件も、全部何かの信号だったんだね。
気づいてあげられなくて、ごめんね。

夫よ　料理・ごみ捨て・庭仕事
こんなに変わるとは思わなかった。
すべては私への愛かしら？

祖母よ　「いつお迎えが来てもいい」と言いながら、
病院と薬は欠かしませんね。

生徒よ　「三十歳までには結婚しいよ」と言ってくれて、ありがとう。
実は、とっくに越えています。

夫よ　三十年よく我慢してくれました。感謝感謝。
わたしもよく我慢した。エライエライ。

校長よ　正論ばかり言っても人の心は動きません。
われわれはロボットでなく、人間ですから。

息子よ　好きなこといっぱいやれ。
嫌いなこともちょっとはやれ。

母よ　いつも口やかましいけど、
あなたの言うことはほぼ正しい。

息子よ　自閉症という大変な障害を背負って大変だね。
パパは「よくぞ我が家に来てくれたね」と、いつも思っているよ。

祖母よ　百四歳！
どうやったらそんなに長生きできるんやろ？
やっぱりビールとカラアゲかな？

息子よ　七年前に突然亡くなってしまった。
さびしさは消えないけれど、
お父さんは、いつも遺影の笑顔で、今日も頑張っているよ。

夫よ　なるべく長く仕事して。
なるべく優しくするから。

娘よ　妻には言えないが、君には言えます。
「愛してる」

妻よ　私は好きなんだ。
君の作ってくれるご飯が。

父よ　長生きしてくれ。
孫の晴れ着を買うまでは。

父よ　なぜそんなに早く逝ってしまったんですか？
まだまだあなたを越えられません。
せめてあなたが生きた年齢は越えたいです。

学校よ　何十回目やろ？
風呂場で声を殺して悔し泣き。
せやのになんで？
また笑って教壇に立てるんは。

二〇一八年には、「心を開く表現活動」だけではなく、「小中高のキャリア教育」「小中高の国語教育」「自己受容とアンガーマネジメント」の教員免許更新講習に携わるようになっていました。この四つの講座は、公立大学のキャリアセンターでキャリアコンサルタントをしている娘が、ゲストスピーカーとして文部科学省に登録していました。

先生方に課された「十年に一回の免許更新講習」での出会いを一期一会と思い、二人で心を込めて準備していたのですが、一つ目の「小中高の国語教育」の講座をした翌朝、私が脳梗塞を発症して、三週間の入院を余儀なくされたため、あとの三つの講座を娘が代行してくれました。

この年の先生は、一行詩を書いて、その 背景 と 気づき を記述して下さいました。娘の選で、先生方の一行詩を五つ挙げ、講義をした娘の コメント も入れておきます。

①安倍総理よ　なんで教師だけに免許更新制度なの？
医師にも絶対必要でしょう。

一行詩の背景

夏休み中に部活や家庭のことをやりくりしながら、免許更新講習を受講しました。教師の不祥事が多かった為にこの制度ができたのなら、人の命を預かる医師は勿論、その他の国家資格を有する職業には同じような制度が必要ではないかと常日頃から思っていました。

心を言葉にしたときの気づき

免許更新の面倒な手続き、加えて有料、そしてこの暑い中の参加……色々不満を持ちながらの参加でしたが、講師の先生方の専門的な講座を受講させて頂くことで新しい感覚、さび付いてしまっている脳みそを活用し、得られた知識は、本心から「久しぶりに勉強したな…」という満足感に変化していました。いくつになっても頭と心を柔軟にして、勉強は必要だと思いました。

コメント

私も昨年、免許更新をする必要があり、正直「面倒だな」と思っていました。でも講習を受けてみて感じたのは、疲れだけでなく、リセット感でした。誰かに何かを教えることを続けていると、いつの間にか、偉くもないのに偉そうになったり、分かってもいないのに分かったつもりになったりして、「先生」と呼ばれることに慣れてしまいますよね。経験や自信が新しい気づきの妨げにならないよう、十年に一度「先生」も学びの場に出向き、積み上げてきたものを少し崩すことは、そんなに悪いことではないかもしれないと思いました。

ただ、『文部科学省よ、これ以上増やしてくれるな。十年に一度で十分ですよ』

②出て行った妻へ
元気にしているか？

一行詩の背景

好きな男ができたと言われ、「よかったね」と言ってしもたことへのうしろめたさと、「よかったね」と言わなければ変わったかもしれない現在があると思うと…。

ただ、今は私にもつきあっている人がいるので、帰ってこられても困ります。

心を言葉にしたときの気づき

好きな男とは　うまくやっているのかなぁ。

コメント

周囲のたくさんの「夫婦」を見ていて、こんなこと言われて、または、されて、どうしてまだ一緒にいることができるのだろう？と疑問に思うことが多々ある、独身の私です。他に好きな人ができて出て行った奥様を、元気でいるかどうか案じるご主人のお気持ちは今の私には想像できませんが、きっと、「夫婦」には「夫婦」にしか分からない絆があるのでしょうね。だからこそ素晴らしく、時には辛い悩みの種になったりするのかもしれません。よそのご夫婦の絆に感心していないで、早くお嫁に行かねば……。とほほ。

③妹よ　居てくれてありがとう。

一行詩の背景

一人っ子だったら、経験しなかったであろうケンカも喜びも、大人になってからは一緒に旅行も、様々なことの相談相手もしてくれるから。

心を言葉にしたときの気づき

その人との関係で、いつもは照れだったりプライドだったり、うまく伝えられないことがあるけれど、一行詩にして書いてみると素直になれたり、一方で、自分自身がこの人にこういうことを言いたかったんだ、伝えたかったんだという自己の内面に気づき、浄化にもなる。

コメント

シンプルだけど、深イイなと、個人的に気に入ってしまいました。人って欲深く、どちらかと言えば与えられたいし、与えた時は見返りがあったほうが嬉しい、というのがホンネではないでしょうか。でも、役に立たなくても、何もくれなくても、存在自体が愛おしいと思える人、思ってくれる人がいるって素敵ですね。求めてばかりいないで、ただ居てくれること、居てくれたことに感謝できる自分でいたいものです。

私も母が倒れた時、ポンコツだと思っていた弟の存在に救われました。何が解決するというわけでもないのですが、ただ居てくれるという安心感。感謝です。『弟よ、ポンコツ感も存在感も、お互い様でしょうか？　有難や』

④自分よ　いつまで考えている？　もうわかっているだろ？
戸を開けて　進まなければ　何も変わらない。

一行詩の背景

私は行動する前に、「○○をして～になってしまったら」と考えて行動に移せなかったり、「～したら○○と思われる」と、人の目が気になってしまうことが多い。心の中では、「やってみたらいい」という自分もいるが、どうしても行動に移せなくて、後で、「あの時していればよかった」と後悔することが多いので、この一行詩を書いた。

心を言葉にしたときの気づき

心の中でモヤモヤとズーッと思っていることを言葉や文にすることで、自分のことについて改めて向き合うことができると思った。少し頑張ろうという気持ち、プラスの気持ちを持てた。詩に限らず、気持ちを言葉にして表現するということは大切で、言葉にしないと相手に伝わらないし、前に進めないことがあるなと思った。そして、その言葉を受け止める人、言葉をひき出してあげる人の役割も大切だと感じた。一行詩は、普段言葉に表現できない人も、本心を文のどこかに混ぜて書けるのかなと、自分で書いてみて実感した。

コメント

私の場合は、『自分よ、少しは考えろ！　行動の前に』です。見切り発車が得意なので……。

こちらの先生の「一行詩は、普段言葉に表現できない人も、本心を文のどこかに混ぜて書けるのかなと、自分で書いてみて実感した」という感想は、お願いして書いてもらったようなコメントですね。嬉しいです。私は天邪鬼なところがあるので、「一行詩は気持ちをさらけ出せるものです。さぁ、あなたの本心を詩にしてみましょう」なんて言われると、白けてしまって、全く素直になどなれない人間です。自己開示というのは、しなさ過ぎても、し過ぎても、しんどいもので、本音と建前のさじ加減に迷ったり疲れたりするのが常のように思います。一行詩が、本心を書こうとするツールではなく、何気なく書いたことに自然に本心が現れるツールなのであれば、とても有意義に感じます。

⑤お父さん　一日、一時間、一分でも長生きしてね。

一行詩の背景

父はいつこの世を去るか分からないくらいの体です。
父は私のことを愛してくれていますが、私は父が苦手です。
家に帰っても、母と話すことが多い私です。

心を言葉にしたときの気づき

本当は父が大好き。

父は戦争で父親を亡くしているので、父親の存在、父親とはどんな人か知りません。加えて、とても不器用な人です。父親のモデルがいない中で、私を育ててくれました。

小さい頃を思い出すと、優しい父、明るく常に笑わせてくれた父の姿ばかりです。思春期になると、その姿がうっとうしくなり、今もその延長です。四十を過ぎた今でも、心配し、気にかけてくれています。

私も父も、感情を素直に出せない、そっくりな性格であることに気づきました。

何やかんや言ってますが、本当は父が大好き。

恥ずかしいし、照れますが、父がいなくなる前に「大好き」と伝えたいです。

コメント

こんな風に、どこかの誰かの気づきのきっかけや気持ちを伝える勇気になりうるのも、一行詩ならではの良さかもしれません。

実は私は、母が教育現場で長年続けてきたこの一行詩の取り組みに、今一つ、共感したり陶酔したりできないでいました。

少し仰々しく、きれいごとのように感じていたからだと思います。

実際、卒業生を出すたびに渡される一行詩の冊子を、最後までじっくり読んだこともなければ、自分たちの家族で一行詩のやり取りなどしたこともありません。

でも母の脳梗塞というハプニングで、ピンチヒッターとして更新講習の場に立ち、一行詩を語った時、初めてその魅力を素直に受け入れることができました。

あの講習は、私が私自身に向けて語りかけた講習だったかもしれません。

拙い私の講義を最後まで聞いていただき、日頃の気持ちを真剣に一行詩に込めてくださった先生方に、心から感謝しています。

このピンチヒッターを経て、今、母が取り組んできた一行詩を引き継ぎ、私なりの解釈と方法で広げることができたらと思い始めています。

後藤奈々子

第七章　「私の一行詩が、ラジオから！」

～市民講座での再会

二〇一八年の春、私は大学の市民講座でも、「心を開く表現活動」と題した講座を担当させていただきました。

教員免許更新講習は倍率が高かったのですが、市民講座は八人しか希望者が集まらない、ぎりぎり開講可能な講座となりました。

ところが、その八人の中に、初めて一行詩作りをしたミッションスクールの100回生の教え子がいました。

彼女はＦＭわいわいで私がゲスト出演させていただいた「一行詩の広場」というラジオ番組も聴いてくれていたそうで、「私の一行詩が、ラジオから！」と驚いたそうです。

自分が作った一行詩を、ちゃんと覚えているんですね。

彼女は講座が終了してから、こんな振り返りを寄せてくれました。

二〇一八年六月、地元の大学の市民講座に参加するため、キャンパスへ向かいました。キリスト教主義高校で現代文の授業・担任をして頂いた恩師の講義を聴くためでした。

今から二十五年前、一九九五年一月、最後の現代文の授業で先生から配布されたプリントに、福井県丸岡町が募集された「一筆啓上　日本一短い母への手紙」のサンプルが紹介されており、最後のページには「一行詩を作成してみよう」とありました。

一九九五年は阪神・淡路大震災があり、わたしは卒業を一ヵ月後に控えているのに、進路も決まっていない状態。毎日緊張感とプレッシャーに押し潰され、周りの友だちが進路を決め、早々に喜んでいるのを見て恨めしく感じていました。受験のこと、第一希望の神戸の大学へ進学しても、震災後で…。当時高校生であった私には解決できないことがたくさんあり、心まで疲れていました。

この時は、「父よ」「母よ」「友よ」「先生よ」「後輩よ」「学校よ」と卒業記念として書くことになった一行詩が、歳月を越え、私の心を溶かすものとなることに、全く気づきませんでした。

私が特に思いを込めて書いた一行詩は、「友よ」でした。スクールバスで一緒に通学した友だち、二十五年経た今でもお付き合いしている友へのメッセージでした。

休んでいた次の日、「これ」と言ってノートを渡してくれる。
あの手のぬくもりを、いつまでも忘れない。

私の一行詩。病気で学校を休んだ次の日に、友だちがレポート用紙に板書を写したノートを渡してくれました。テスト前で忙しい時も、心を込めて書いてくれて、あたたかい気持ちになりました。一行詩を書いた当時は「あたたかさ」「やさしさ」「思いやり」としていたのですが、しっくりこなくて、ほっこりした心を表現したくて、「ぬくもり」にし、先生にこの一行詩を提出しました。

その後、進学先も決まり、晴れやかに卒業の日を迎えました。一行詩の卒業文集が配布され、感動しました。友だちと見つめ合い、喜び合いました。自分の一行詩を見つけた時、先生が私のことを見てて下さっていると、嬉しく感じました。

思い返せば、高校二年の夏、アメリカ研修旅行に参加。ホームシックにかかった私を、担任の先生とホストファミリーが支えて下さいました。担任の先生は一日行動をともにして下さり、悩み事を聞いたり、助言を与えて下さいました。人生につまずいた時、喜ばしい時、悲しい時、嬉しい時、いつも側にいて、時にはハッとさせられるアドバイスに、心が救われました。

歳月が流れ、この恩師からの年賀状に、FMわいわいというラジオ局の「ホンネでわいわい　一行詩の広場」に出演している旨が記してありました。仕事で本放送は聞けず、ネットでの視聴でした。送っていただいたDVDには懐かしい学校の風景、可愛らしいイラストに一行詩が添えてありました。一行詩の朗読を聴き、「言葉には魂がある、一行で人生について表現できる、奥深いなぁ」と感じました。

二〇一八年、新たな刺激を受けたくて、地元の大学のホームページを開きました。市民講座を見ていると、「心を開く表現活動」の科目があり、懐かしい先生の名前を見つけました。

「わたしが素直になれるとき――いのちのことばで綴る一行詩」、先生が一行詩の解説をして下さるのを楽しみに参加しました。

二十年ぶりの再会でしたが、先生が改めて私の一行詩を紹介して下さり、受講生の方々から感想を聞き、時を越えて自分が励まされたような気持ちになりました。

「一行詩って、一言ひとことに言霊が宿るというか、多くない言葉だからこそ伝わることがありますよね。気持ちが素直に現れていて、とても素敵でした」

私がＳＮＳにて一行詩を紹介した時に寄せられた感想の一部です。

一行詩を書いて二十五年後の今、ことばの一つ一つが「いのちのことば」と受け取れる自分がいます。「一行詩」は私の心の中に生き続けているし、これからも人生の道しるべになると感じています。

彼女の振り返りを読んで初めて一行詩作りをしたときのことが、少しよみがえって来ました。

教員免許更新講習でも、横浜での「生きてはたらくことばの力」をテーマにした全国大会でも、聞かれることはいつも「どうやって書かせたんですか？」

「よく覚えてないんですよ」と言うと、「そう言わずに、教えて下さいよ」と。

早い話、「卒業文集を一行詩で」という『思いつき』と『省エネ』。あとは、『成り行き』だったり、『おためし』だったり。指導のマニュアルも型もないのが本当のところです。

そういえば、こんなことがありました。

一行詩作りの最中に、一番後ろの座席の生徒が、半泣き状態で教卓の前に来て、「先生、私、みんなみたいに上手に一行詩作れません」と言いました。

私は「そうだよね。私も作れないんよ。なんであんなに面白いことやホンネを書けるのか不思議で仕方ない」と言いました。

すると、その生徒は、にまっと笑って席に戻り、それからすらすらと一行詩を書き出したのです。
他の生徒も、「なんや、先生、一行詩作れないんや！」と嬉しそうでした。
本当に作れないんです。いまだに。

ただ、一行詩でのやり取りが楽しかったのです。そして、一行に託された想いが愛おしかったのです。小さな紙切れも捨てられなかったのです。ここに載せた一行詩は一字一句手直ししていません。手直ししたら、壊れるのです。

市民講座での彼女との再会は、私と一行詩の旅のはじまりと道のりを思い起こさせてくれました。

最近、「古民家で一行詩ライブを」と、一行詩の朗読&ティータイムで、シニアのホンネの交流会が始まったり、一行詩のニュアンスを汲み取った「一行詩の英訳会」や、デイサービスでの「一行詩を書写する会」など、思いがけない楽しみ方を提案したり、実践してくださる方が増えてきました。

人の心をさりげなく開いてくれる一行詩が、学校から飛び出して広がっていくのが楽しみです。

第八章　「一度でいいから…」

〜大学生の一行詩

五十四歳で大学院を卒業した私は、地方の二つの大学の教員養成課程の授業を受け持ち、ここでも一行詩を使った講義をしました。

教育実習先で実施した一行詩作りの実践を、教員免許更新講習で発表してくれた学生もいました。

そんな中でも忘れられない一行詩。

母よ　せめて孫の顔を見るまでは…。
父よ　一度でいいから…。

私は、「母よ　せめて孫の顔を見るまでは、この息子にすねをかじらせて」とか言うのかなと思ったら、「女手ひとつで自分を大学まで行かせてくれた母親が病気で倒れた。せめて孫の顔を見るまでは生きていてくれという思いで書いたのだけれど、『生きていてくれ』と書いたら、死んでしまいそうで、言葉にするのが怖かった」と。

そして、「父よ」は、「一度でいいから会いたい」と言うのかと思ったら、「僕の父は、四歳の時に、僕と姉と母親を残して出て行った。ぼくが一年生になったとき、写真とか父に関わるすべてのものを、母と姉が捨てた。だから父の記憶は何も残っていないのだけれど、もし会えたら『一度でいいから殴らせろ』と言いたい」と。

胸がつまりました。それからは授業のたびに「お母さん、どう？」と病状を聞くようになりました。

もうひとり、通信制高校を出て、この大学で教職の資格を取ろうとしている学生がいました。彼女は一行詩の授業のあと、こんな話をしてくれました。

自分が小学校五年生からいじめに遭って不登校になり、中学校に進学した時、また自分をいじめた子と同じクラスになり、いじめが再開された。担任の先生は二人から話を聞いても、いつももう一人の女の子の話を信じるので、とうとう九月から学校に行けなくなった。その後、同じクラスの子のお母さんから、私の机が廊下に出されていると聞いて、母が学校に行って担任に「私の娘の机を教室から出してるってどういうことですか？」と聞いたら、担任が「『私の娘の机』って？　あれは『市の備品』です」と言われたと。

この話を聞いた私は絶句しました。そしておもむろに、「お母さんは、どうされたの？」と聞きました。

「『もうあんな先生のいる学校に行かなくてもいい』と言った」と。

こんな彼女も、勇気を奮って中学校へ教育実習に行きました。すごい挑戦！ハラハラの三週間。

終了後の彼女の言葉は、こうでした。

「先生、中学校って、あんなふうに過ごすところだったんですね」

「指導してくださった先生の『中学時代のことを思い出して、やりなさい』という当然の指導に戸惑った」

「保健室に来ている生徒の話をいくらでも聴ける自分がいた。カウンセリングの学びをしてみようかと思い出した」と。

大きな成長を目の当たりにしたひとときでした。

大学生というと、中学高校生に比べ、講義室の席一つとっても距離がありますが、一行詩はその距離を縮めてくれるように思えました。

その後、薬学部で、「対人コミュニケーション」の授業をする機会を得ました。教育の現場は知っていても医療の現場を知らない私は、今の医療現場で交わされている会話やチーム医療のコミュニケーションのとり方は全く無知で、テレビのドラマで知る程度でした。

最初の時間は、自己表現の基本のつもりで一行詩から入りましたが、「何関係あるん？」と言われてしまいました。

それから、リフレーミングやアサーションや、傾聴ワーク、敬語の指導、アンガーマネジメント等をやりましたが、前期の薬学部の学生の授業終了後のアンケートの自由記述にこんなことが書いてありました。

・もっと薬剤師業務の内容の中でのコミュニケーションが知りたかった。
・四年でやるには、時間の無駄。

・先生の授業は、私の息抜きでした。
・質問に答えているのに、また踏み込んで聞かないで欲しい。
・自分の価値観を押し付けないでほしい。

さすがにこたえました。申し訳ない気持ちにもなりました。

大学からは、「医療の専門的なコミュニケーションは他の授業でやりますから、基本的一般的なコミュニケーション力をつけてほしい」と言われていました。


この前期の薬学部四回生の百人近くの学生を対象にした授業を終えた後、八月一日に脳梗塞で三週間入院した時、初めて、医療の現場の現状を知ることとなりました。

集中治療室に八日、一般病棟に十日お世話になった間、ベッドには医師・看護師・理学療法士・管理栄養士・薬剤師が入れかわり立ちかわり来てくださいました。

入院した時は、顔の左半分の感覚がなく、舌も歯茎も唇も熱いくらい痺れて、アイスノンを口に当てないと眠れませんでした。ありがたいことにしゃべることはできたのですが、水を飲み込むことができにくく、左手の痺れが取れません。

そんな時、ひとりの薬剤師に、

「私は鬱になった経験があるので、不安が強く、精神安定剤をいただけないでしょうか？」

とお願いしたところ、

「処方箋にないものは出せない」

ときっぱり断られました。

ところが、眠れないと血圧が上がって痺れがひどくなるので、また、翌日に来てくださった別の薬剤師に同じお願いをしたら、

「眠れないのはお辛いですね。私の知識では後藤さんが望んでおられる精神安定剤は、今服用しておられるお薬と拮抗しないように思いますので、主治医にお聞きし

ますね。その結果、もし、お出しできないようなら、その時は、また一緒に別の方法を考えましょう」とベッド際にひざまずいて、私の目線で、笑顔で話してくださいました。

私は思わず「あなたのコミュニケーション力は素晴らしいですね！」と言ってしまいました。私の不安に寄り添ってくださったことが嬉しかったのです。

するとその薬剤師は、

「私は一学年二百人の薬科大学に行ったんですが、選択科目の『対人コミュニケーション』という授業をとったのが、たった三人で、みんな国家試験に直接関係ないから受けないと言うんです。けど、今、後藤さんに褒めてもらって初めて、とってよかったなと思いました」

と言われました。

それから、薬学部の四年生の学生が、実験あり・実習あり・試験ありでいかにハードな生活か、薬の名前・効能・副作用を覚えるのみならず、体の部位や病気・最先端の医学事情を知り、緊張感を強いられる学びの中にいることを知りました。

一部批判も受けましたが、この初年度担当した薬学部の学生は、慣れない私の授業の中で、ワークシートもぎっしり書いて提出。一行詩作りも積極的にやってくれました。

一部紹介します。

父よ　いつも心配しています。どうですか？　体の調子と髪の量。

食欲よ　あなたは少し自重して下さい。

風よ　お願い！　花粉を運ばないで！

友よ　私を置いて社会に出ていかないでくれ。

母よ　俺があの時早く起きていれば、お母さんの最期に会えたはずなのに、
ごめんなさい。

今、あなたがあの世で一人なのに、助けてあげれなくて、ごめん。
自分だけが楽しんでいて、ごめん。

父よ　たばこはやめろ。国にこれ以上、金落とすな。

自分よ　そのまま未来に向かっていきましょう。やりきりましょう。
きっと大丈夫。

神よ　何とか働かずして、お金を得る方法を授け給え。

過去の自分よ　なぜもっと勉強しなかった？
おかげで今、とても苦労しているぞ。

未来の彼よ　どこにいますか？　捜索願い出そうかな？

母よ「もうポテチ食べない」って、三年くらい聞いてるよ。

お菓子会社よ　次々魅力的な商品出すの、やめて下さい。

スマホよ　そろそろ持ち主離れてくれないと、勉強できない。

祖父よ　会うたびに「おまえの働く薬局の前を掃除するのが老後の夢や」と言いますね。私はその夢をかなえるために頑張るから、おじいちゃんはそれまで元気で長生きしてな。

父よ　休肝日つくってくれ。私の肝臓は分けへんで。
父よ　定年退職したからといって、家で寝てばかりするな。
母よ　退職金が入ったくらいで調子にのるな。老後を見据えろ。
彼女よ　俺は一人で生きていく。
母よ「誰やと思ってんねん。母やぞ！」めっちゃ面白い。
自分よ　どこにあるの？　まだ見つからぬ、やる気スイッチ
彼女よ　ラインが面倒ください。
父よ　音を立てずに食べてくれ。

母よ　人の話を最後まで聞け。

薬学よ　学ぶこと多すぎ！

友よ　自己主張激しいで！　一人ずつしゃべって！

消しゴムよ　なんで嫌な過去を消してくれない？

大学生の一行詩には大学生の味があるなと思いました。

固有名詞が出てくるものもありました。

★後藤先生よ　マイクの音量を少し下げてくれませんか？
気持ちが入るほど声量がでかくなって、キンキンしています。


「アチャー、ごめんなさい！」

地声が大きい上に、百人相手にマイク握って放さない私！　エライ辛抱させました。

許して！　もう遅いよね（笑）

★大学よ　もっと学生と真剣に向き合え！（後藤先生を除く）

「いやぁ、気をつかわせちゃいましたね」

ひるまず自分の価値観を押し付けていくわね。

★後藤先生よ　素直になることで救われるとは限りません。

「ホントだね！　そうだよね」

正直者は馬鹿を見る。ホンネで言ったばっかりに傷つけたり、傷ついたり。人の心って厄介ですよね。でも、この一行を素直に書いてくれたことを、私は嬉しく思います。「素直」というキーワードに反応できるあなたの感性が素敵です。

★後藤先生よ　癌や鬱といった困難を乗り越えて、私達に貴重なあたたかな情報や言葉を与えてくださり、本当に有難うございます。色々な気づきがあり、自分の成長につながっています。

「未熟な授業を『貴重なあたたかな情報』と言ってくれてありがとう」

すべては気づきから始まります。気づきがあって、決断ができて、感動が待っている。そのプロセスを歩むためには「自分に素直であること」が必要なのだと、私は思っています。

私は、この三週間の入院生活を終えて、心新たに後期の講義に臨みました。後期は看護学部の「対人コミュニケーション論」でした。

入院中に出くわしたモンスタークライアントのこと、パソコンばかり見て患者の顔を見ない医者に不安をおぼえたこと、心無い言葉に傷ついたこと、看護師や理学療法士との会話に癒されたこと、幸か不幸か、話題はいっぱいあり、学生たちは、私の体験談を真剣に傾聴してくれて、臨場感のある授業ができました。

そんな看護学部の学生の、一行詩授業のあとの振り返りの文章が心に留まりました。

・一行詩とは、ただ思い出に浸る、思い出を書き写し、将来「こんな時もあったね」と振り返るものというより、今の自分・明日からの自分に向けたメッセージに感じ取れました。

先生にはわかっていたかもしれませんが、授業の回数を重ねるうちに私の考え方は変わっていきました。

今悩んでいる子には「決断できた所」もう既にしたいこと・目標はあるけど行動にうつせない子にとっては「よし、始めよう！と一歩を踏み出せる所」ギクシャクした親子には「お互い目を見て会話してみようと思わせる所」など、いくつもあって書ききれないけど、「人生をちょっとずつ変えれる、そんな場所」が一行詩のページにはあると私は思いました。

わたしは今、少しずつ親とも先生とも友人とも会話ができています。もし将来、グレてしまった子どもに会ったら、一行詩を書いてもらうのもいいけど、たくさんの一行詩が載せられたこの冊子を見せるだけで役に立つと思いました。

「永遠に続く一行詩」だと私は思っています。この授業の一行詩ワークでもらった資料は、これからもずっと大切に取っておきたいと思います。

最後の授業のあと、二人の学生が「先生、本を出したらいいのに」と言いました。

「売れるわけないやん！」と私が言うと、「私ら買うで」と言ってくれました。

「そうか、二冊は売れるか…」

これが私が出版を思いたった瞬間でした。

あぁ、単純！

第九章　「もうすぐ白衣が着れるよ」
〜外国人の一行詩

「個人と個人の心の架け橋が、国と国との架け橋になっていけばいいな」いう思いがありました。

私の息子が国際結婚をして、家族の絆が深められ、人生の枠組みを広げられたこともありますが、新しい時代は、確実に外国人との共生社会になると思われるからです。

様々な思いを抱いて、日本という国を選んで来てくれる人たちに、「あなたに出会えてよかった。これからもずっとよろしくね」そんな言葉が自然に口から出るような交流がいっぱいできますように。

その願いを持って、娘と身近な外国人に取材してみました。

前章と同じ看護学部に、二〇〇六年に来日して研修生として働き、結婚して子育てをしながら、看護師の資格を取るために勉強している三十五歳の学生がいます。

彼女の一行詩を五つ紹介します。

姉よ　もう一度会いたい。

彼女は、共に中国人ながら民族が違う両親に育てられましたが、幼少期に両親が離婚。母親がシングルマザーとしてお姉さんと自分を育ててくれたそうです。

彼女は少し甘えん坊で、お姉さんから日本に行って自立した生活を送るようにと勧められましたが、来日前に、お姉さんが骨肉腫に冒されていることが発覚。それでもお姉さんは彼女が日本に行くことを強く望まれたと言います。

二十歳の春、後ろ髪を引かれる思いで中国を発ったものの、日本に来て三日後にお姉さんが亡くなられたと。当時はほとんど日本語が話せず、研修生は三年間母国に帰らないという契約で来ているという思い込みで、泣きながら働いたそうです。

ところが、ストレスから体調を壊し、はじめて会社にお姉さんのことを告げると、「言ってくれたらよかったのに」と言われ、会社にはよくしてもらったと。その後も、姉の遺志と思って日本で働き続けたそうです。

父よ　もうすぐ白衣が着れるよ

彼女は小学生の頃、お父さんに、「お父さんなんか、大嫌い」と言ったことがあるそうです。両親がしょっちゅう喧嘩をするのが嫌いで、医者である父が身に付けていた白衣さえも嫌いになったと。

ところが、日本に来てお姉さんが亡くなった後、お父さんと連絡を取るようになり、少しずつお父さんとの距離が縮まってきたかと思われた頃、突然お父さんも病気でこの世を去られたと。お姉さんが亡くなって半年後のことだそうです。

「『お父さん、私、お父さんが着ていた白衣、嫌いじゃないからね。もうすぐ私も、看護師になって、お父さんと同じ白衣が着れるよ』と伝えたい」と話してくれました。

夫よ　八十歳になっても、あなたと一緒にいたいから、タバコやめて。

彼女は研修生として働いていた時、自分たちを担当してくださっていた日本人男性と結婚したそうです。喫煙家でアイコスとかいう電子タバコを吸っておられるそうですが、看護学部の授業で、「アイコスは煙が出ないけど、ニコチンは体内にたまる」と知って、「やめてほしい」と言ったそうです。が、なかなかやめてくれず、換気扇の下で吸うのだと。

でも、「八十歳になっても、あなたと一緒にいたいから、タバコやめて」と言うと、「分かった」と言って、減り出したと笑っていました。

素敵なコミュニケーション力ですね。

息子よ　あなたたちに恥ずかしい思いをさせないように、お母さん頑張るよ。

彼女には八歳と二歳の男の子がいます。言葉の壁をクリアして、看護補助をしながらホームヘルパーの資格を取得、下の子が生まれた二ヵ月後に介護福祉士の資格を取っています。日常会話だけではなく、専門用語を覚えるのは大変だったそうです。彼女の頑張りの原動力は、すべてこの一行詩に込められている気がします。

母よ　もう口げんかしないから、また日本に来てね。

苦労を重ねられたお母さんも、日本にたびたび来られるようになったそうです。が、自分と性格が似ているので、しょっちゅう口げんか。ご主人が「口にブレーキかけろ！」とおっしゃるとか。

「姑のことは受け入れられるのに、自分の母とはぶつかる」と笑っていました。

これからも、元気に仲良く口げんかして下さいね。

彼女は取材のあと、こんなことを話してくれました。

日本に来て言葉の壁、文化の壁をいつもひしひしと感じて、どこか心が萎縮していたけど、同じ大学生の

父よ　休肝日つくってくれ。私の肝臓は分けへんで。

という一行詩を読んで心の底から笑えた。何度も読んだ。

表現はつき放していても、そこに流れるやさしさに惹かれた。「一緒やん!!」と思えた。

日本人の一行詩を読んで、共感できる自分が嬉しかった。

そして、自分で一行詩を書いてみて、

「そうなんや、私はこんな風に生きてきたんや」と思ったとき、新しい空気を吸った気持ちになった。

廊下で会ってもいつも友達に囲まれている彼女は、看護学部一回生の学びを「成績最優秀者」で終えたのです。脱帽です。

そして、大学院の留学生に、娘が取材した一行詩と娘のコメントです。

『おいっこよ』

あなたはなんで可愛すぎるんだろう。
わたしは、あなたの写真を見るたび、国に帰りたくなるのよ。
大きくならないでほしい。
今のままでずっといてほしい。
大きくなったらかわいくなくなるかもしれないから（笑）
でも、大きくならないことが無理なことだから
姉ちゃんよ
たくさんかわいい子どもを産んでください！

コメント

彼女には母国のマレーシアに甥っ子がいます。ラインのアイコンも甥っ子にするくらいの溺愛ぶりです。その甥っ子の母、彼女の姉と彼女は、頻繁にビデオ電話で話をしていると聞いていたので、そんな仲の良いお姉さんの子どもだから、甥っ子がかわいいのだろうと勝手に思っていたのですが、甥っ子が生まれるまでは、お姉さんとそれほど仲良くなかったというのです。甥っ子がお姉さんとの会話の機会を増やしてくれ、仲が深まったのだと彼女は言いました。

なるほど、何事も本当のところは聞いてみないと分からないものだなと再確認しました。

私の今の仕事は、大学でのキャリアカウンセリングです。先入観を持たずに学生の話を傾聴する。そうしているつもりでも、やはり、その中でついつい、「これは当然こうでしょう」、「これはそう思うのが普通でしょう」と、決め込んでいることが無意識のうちにあるのだろうなと思い、自身のカウンセリングを振り返る機会になりました。

ただ、私は、正直なところ、なんとなく書いてもらったこの詩の、意味や背景や深層心理を知ろうとしたり、そこから気づきや学びを得ようとしたり、そういう必要性をあまり感じません。この本が気楽に読んでいただける本になるように、この一行詩もただただ読みたいと思っています。友人の甥っ子への愛に、自分の姪っ子への愛を重ねて。

『母よ』

「あなた最近かっこよくなったね。でもやっぱり若い頃のお父さんの方がイケメン」

母はよく父の顔をほめるので慣れている。
ぼくの顔をほめることは初めてだったが、その後、父をほめたので、
「そういうことかよ」と思った。

中国人留学生の友人が書いてくれた一行詩です。

彼の母は、中国からことあるごとに、日本に留学中の彼のところに来ています。もう日本で行きたいところが見つからないというほど頻繁に来ているそうです。

お母さんが来たら、彼の下宿しているワンルームマンションで一緒に寝るそうで、とても仲良しです。

お母さんは中国からお土産をたくさん持ってきて、彼がお世話になっている人に配っています。また、彼の下宿には中国の醤油やお酒がたくさんあって、きっと息子のためにとお母さんが中国から送っておられるのだろうなと、ほのぼのしてしまいます。

親子の絆は世界共通なのだと思わされました。

とはいえ、彼のこの詩を読んで、わたしが最初に感じたのは、急な一行詩作成の依頼に誠実に応えてくれた、彼への感謝です。

彼の日本語能力は文句なしに上級ですが、やはり彼にとって外国語である日本語の、しかも独特のニュアンスを含む一行詩の冊子を渡され、「これを読んで、君も一句詠んでみたまえ」と言われても困りますよね。でも、そんな私の無茶振りに、彼は嫌な顔一つせず、数日で応えてくれました。

私は社会人になってからも様々な資格取得に積極的で、よく周りから「勉強好きね」と言われます。でも、勉強が好きというより大勢の人と一度に出会える学校という場所が好きなのだと思います。今、この大学院進学の決断を「良かった」と思えるのは、間違いなく留学生の友人たちに出会えたからです。

留学生の皆がそういうわけではないのでしょうが、私の友人たちはアグレッシブでいて冷静、ストレートだけど思慮深い、とてもバランスのよい努力家ばかりです。

そんな友人たちが書いてくれた一行詩を、皆さんに紹介できることはとても嬉しいです。

私自身は鑑賞に代えて、詩を書いてくれた二人の留学生を含む、私が大学院で出会った素敵な留学生の友人たちへ、「数ある日本の大学院の中で、ここを選んでくれてありがとう！」と伝えたいです。

では、最後に、技能実習生として日本に来るために日本語を学んでいる、二十代のインド人の一行詩。ともに一行詩作りをしてくださったのは、インドで日本語教師をしている、大学院の先輩です。

母よ
いままで　たくさんのことばを　おしえてくれて　ありがとう
いつも　べんきょうしたか？　ごはんたべたか？　と聞きますね。
ぼくは　日本に行く前に　あなたとたくさん　話がしたい。
ぼくは　また　あなたのむすこに　生まれたい。

友よ
みんな　友だちになってくれてありがとう。
ぼくは一人だけ　パンジャブから来た。
みんなは　ぼくに　タミール語を教えてくれた。
いっしょに映画を見たね。たのしかった！
日本に行っても　ずっと友だちでいてね。

先生たちへ
今まで　日本語を教えてくれて　ありがとう。
もう　日本語の試験に合格した。日本語で話ができる。
先生たちに習ったことは　忘れない。
先生たちも　ぼくたちのことを　忘れないで。
日本で会いましょう。

お父さんとお母さんへ！
お父さんとお母さんは　ぼくのためにたくさん仕事をした。
日本に行ったら、お金をためて、お父さんとお母さんにあげます。

おかあさん
あなたは　いつも　僕の心の中にいます。
ご飯を作ったり　せんたくをしたりしてくれた。
あなたを　僕の心に入れて　日本に行きます。

先生へ！
教え方がじょうずで　おもしろい先生。
日本文化やマナーを教えてくれました。
どこへ行っても　先生のことを　忘れない。

恋人よ
けっこんするまで　がまんさせているね。ありがとう。
かなしいとき　おもしろいことを　おもいだしてね。

日本語教師の一行詩

両親へ
父の「楽天的なアドベンチャー精神」と
母の「思ったらとことんのＤＮＡ」が、
私をインドの地に導いてくれました。
一人だけれど、一人じゃないね。

生徒たちよ
半年前は　あいうえお。
今じゃ、みごとな一行詩。

生徒たちよ
しつけとは名ばかりで、
いじられても、なお従う若人たちよ。
負けるな！
雄々しく胸を張れ。

インドからのメール便一行詩。こんな寄せ書きが添えられていました。

今回、技能実習生との一行詩作りで、彼らの心の一端に触れることができました。日本語を習い始めて六ヶ月後なので、まだ自分の思いを伝える語彙が少なく、みんな似かよった表現になってしまいます。作品としては未熟ですが、各自が自分と向き合う時間を持てたことに意味があると思います。

一人、とても明るく気配りのできる学生がいるのですが、一行詩の下書きを見て、彼が十歳の頃、両親を事故で亡くして、おじさんに育てられたことを知りました。彼のいいなづけは、おじさんの娘さんだそうです。おじさんへの感謝を伝えたいという内容でした。

でも彼の語彙では想いが伝えきれず、なかなか一行詩ができません。もう少し一緒に話をしてみたいと思っています。

彼の優しさはそんな過去があるからなんだと知りました。

それから三ヶ月後のメールには、こう書いてありました。

学生との日本語の授業、楽しくて仕方がないです。でも、彼らが日本へ行く日が近づいているのは寂しいです。日本での三年間が実りあるものとなるように祈るばかりです。

一行詩の旅。最後は母と娘で海外旅行までした気分になりました。

一行詩が世代を超えて、国境を越えて、「いのちのことば」として絆を育みますように。

後藤奈々子

あとがき

最後まで読んでいただき、ありがとうございました。

皆様お一人お一人、それぞれの「目に見えない　かんじんなこと」を見つけていただけましたか？

私は、『星の王子さま』と聞くと、スーパーに並んでいる『カレーの王子さま』が思い浮かぶような、書より食が頭を占めている人間ですが、星の王子さまがキツネと出逢って、物事の捉え方が変わり、虚しさや淋しさから開放された場面はよく覚えています。

正直、それまでのストーリーは何が何だかよくわからなかったのですが、この場面では急に涙があふれました。

大切なのは「自分にとって、何が大切か？」ではなくて、「自分はなぜそれを大切に思っているのか？」なのだと思いました。

スマートフォンの普及に伴い、ＳＮＳがスマホ利用の中心となった今、誰もが発信者であり、表現者です。

「人とつながる・情報とつながる・アイデアとつながる」これがＳＮＳの醍醐味であるとすれば、「自分とつながる」が一行詩の醍醐味と言えるかもしれません。

忙しいときも退屈なときも、少しだけ自分のために時間を割いて、自分の発言や行動と向き合ってみる。すると自分が感じている喜びや苛立ちの意味が明確になり、自分がスキになれたり楽になれたりする。そこから、明日への活力が少し湧く。「自分とつながる」一つのツールとして一行詩に一役買ってもらうのはどうでしょう？

この本との出会いが、読者の皆様にとって「目に見えない　かんじんなこと」を見つめるきっかけになれば幸いです。

そして、すでに見えているのに見過ごしている実は大切なこと、大切だと気づいているのにわざと目を逸らしている気がかりなこと、それらと向き合う勇気やエネルギーになることを願っています。

あなたが素直になれるときは、誰かも素直になれるときかもしれません。

後藤奈々子

お礼

二〇一九年　五月十九日、兵庫県進路選択支援機構が主催する三浦雄一郎氏の講演会を聴きに行きました。演題は、「夢への挑戦」。はじめにクラーク記念国際高等学校梅田校の声優パフォーマンスコースのステージがありました。引き籠りや不登校が大きな社会問題になっている昨今、エネルギッシュな生命の再生を感じました。それを温かい眼差しで見守る校長三浦雄一郎氏の「君たちの夢を応援します」のメッセージに心が熱くなりました。

そのあとは、プロスキーヤーとして、冒険家としての足跡を語る映像と講演がありました。大きな勇気をいただいた私は、大胆にも、「先生、読んでください」と言って、この原稿と走り書きの手紙を渡しました。

思いもかけず、翌日、先生が私宛に、直筆のメッセージを書いてくださいました。

それがこの本のオビとなりました。
まさに「夢への挑戦」の何よりのエールであり、私がこれまで何を大切にして、なぜ出版に踏み切ろうとしたかを言い当ててくださった気がしました。心よりお礼申し上げます。

そして、本の表紙に入れさせていただいた和紙人形は、地元の古民家「陽だまり舎」で長年にわたり和紙人形を創作しておられる荒木富佐子さんの作品です。「夢中」と題された、私の大好きな少女人形をこの本の表紙のために快くご提供いただき、感謝に堪えません。

また、この本に散りばめられているイラスト、プロフィールの中の私たち母娘の似顔絵は、ミッションスクールの教え子、109回生の上月有希子さんが描いてくれました。あたたかい、心のこもった画集をありがとう。
このイラスト・似顔絵を見るたびに、ミッションスクールでの一コマ一コマを懐かしく思い出し、読者の皆様とさまざまな想いを共有することができます。そして私たち母と娘の歩みをあたためることができます。

一行詩作成に際し、気持ちよく参加協力してくださった数多くの生徒・学生・保護者・同僚・先生方。この本の出版を心待ちにし、祈ってくださった方々。そして、本の趣旨や出版に深い理解を示してくださった「澪標」の松村信人氏、また、長年にわたってこの活動を支えてくれた家族に、心より感謝致します。

最後は、再び上山光広さんの書で締めくくりたいと思います。

後藤桂子

感謝

後藤桂子

一九五八年生まれ
兵庫県立姫路西高等学校・神戸大学教育学部
姫路獨協大学　大学院　言語教育研究科　卒業
産業カウンセラー・大学講師
著書に『歌人《うたびと》のまなざし』(2014　澪標)

後藤奈々子

一九八三年生まれ
兵庫県立姫路東高等学校・武庫川女子大学文学部　卒業
キャリアコンサルタント　大学キャリアセンター勤務
姫路獨協大学　大学院　言語教育研究科　在学

わたしが素直になれるとき

二〇一九年十月二十五日発行

著　者　後藤桂子
　　　　後藤奈々子

発行者　松村信人
発行所　澪　標　みおつくし
大阪市中央区内平野町二 - 三 - 十一 - 二〇二
TEL　〇六 - 六九四四 - 〇八六九
FAX　〇六 - 六九四四 - 〇六〇〇
振替　〇〇九七〇 - 三 - 七二五〇六
印刷製本　亜細亜印刷㈱
DTP　山響堂 pro.